Januar 2000 [signature]

In einer Winternacht

Mary Higgins Clark

In einer Winternacht

Roman

Aus dem Amerikanischen
von Karin Dufner

WILHELM HEYNE VERLAG
MÜNCHEN

Die Originalausgabe *All Through the Night*
erschien bei Simon & Schuster, New York.

Umwelthinweis:
Dieses Buch wurde auf
chlor- und säurefreiem Papier gedruckt.

Satz: Leingärtner, Nabburg
Druck und Bindung: Wiener Verlag, Himberg
Printed in Austria

ISBN 3-453-16535-7

FÜR JOHN IN LIEBE
UND FÜR BISCHOF PAUL G. BOOTKOSKI
IN TIEFER FREUNDSCHAFT

I

PROLOG

Es waren zwar noch einundzwanzig Tage bis Heiligabend, aber Lenny fand, daß es höchste Zeit war, seine Weihnachtskasse aufzubessern. Er war sicher, daß ihn niemand bemerkt hatte. Reglos stand er da und atmete ganz ruhig und regelmäßig, so daß er es selbst kaum hören konnte. Von seinem Versteck im Beichtstuhl aus sah er zu, wie Monsignore Ferris den letzten Rundgang durch die Kirche machte, um alles für die Nacht abzuschließen. Ein verächtliches Lächeln spielte um Lennys Lippen, während er ungeduldig wartete, bis die Türen verriegelt und die Lichter im Gotteshaus gelöscht waren. Als der Monsignore sich umwandte und den Seitengang entlangeilte, zuckte Lenny erschrocken zusammen: Der Geistliche würde direkt am Beichtstuhl vorbeikommen. Und nun ließ eines der Bodenbretter im Beichtstuhl zu allem Überfluß ein plötzliches Quietschen vernehmen. Lenny stieß einen lautlosen Fluch aus und beobachtete durch einen Spalt im Vorhang, wie der Geistliche stehenblieb und den Kopf lauschend zur Seite neigte.

Aber anscheinend hatte sich Monsignore Ferris' Argwohn wieder gelegt, denn er setzte seinen Weg in den hinteren Teil der Kirche fort. Kurz darauf ging das Licht im Vorraum aus, eine Tür öffnete sich und wurde wieder geschlossen. Lenny atmete erleichtert auf – er war allein in der St. Clement Kirche in der 103. Straße in der Upper West Side von Manhattan.

Sondra stand in einem Hauseingang gegenüber der Kirche. Da das Gebäude gerade renoviert wurde, schützte das rings um das Erdgeschoß verlaufende Gerüst sie vor den Blicken der Passanten. Sie wollte sichergehen, daß der Monsignore die Kirche verlassen und das Pfarrhaus betreten hatte, bevor sie das Baby aussetzte. Seit ein paar Tagen besuchte sie nun schon die Gottesdienste in St. Clement und hatte sich mit den Gewohnheiten des Geistlichen vertraut gemacht. Außerdem wußte sie, daß er in der Adventszeit jeden Abend um sieben Uhr eine Rosenkranzandacht abhielt.

Noch geschwächt und erschöpft von der Geburt, die erst wenige Stunden zurücklag, lehnte sie sich an den Türrahmen. Ihre Brüste waren vom Milcheinschuß geschwollen. Als unter ihrem nur halb zugeknöpften Mantel ein leises Wimmern hervordrang, wiegte sie das Baby, einem mütterlichen Instinkt folgend, in den Armen.

Auf dem weißen Blatt Papier, das sie mit dem Baby hinterlegen wollte, hatte sie alles aufgeschrieben, was sie preisgeben konnte, ohne sich selbst zu verraten:

Bitte finden Sie für mein kleines Mädchen eine gute und liebevolle Familie. Ihr Vater ist italienischer Abstammung, meine Großeltern wurden in Irland geboren. Soweit ich weiß, sind in keiner der beiden Familien Erbkrankheiten vorgekommen. Das Kind müßte deshalb gesund sein. Ich liebe meine Tochter, aber ich kann nicht für sie sorgen. Falls sie eines Tages nach mir fragt, zeigen Sie ihr diesen Brief. Erzählen Sie ihr, die glücklichsten Stunden meines Lebens waren die, in denen ich sie in den Armen gehalten habe. In diesen Augenblicken gab es nur uns beide auf der Welt.

Sondra hatte einen Kloß im Hals, als sie zusah, wie der hochgewachsene, leicht gebeugt gehende Monsignore aus der Kirche kam und direkt zum Pfarrhaus hinübereilte. Es war Zeit.

Sie hatte eine Babyausstattung besorgt: ein paar Hemdchen, ein langes Nachthemd, Stiefelchen, eine Kapuzenjacke, Fläschchen mit Babynahrung und Einwegwindeln. Das Baby hatte sie wie ein Indianerkind in zwei Decken und einen schweren wollenen Umhang eingewickelt, denn die Nacht war bitter kalt. In letzter Minute hatte sie noch beschlossen, eine braune Einkaufstüte aus Papier mitzunehmen, denn sie hatte irgendwo gelesen, daß diese Tüten die Kälte gut abhielten. Natürlich würde das Baby nicht lange in der eiskalten Nachtluft ausharren müssen – nur bis Sondra von der nächsten Telefonzelle aus im Pfarrhaus angerufen hatte.

Zögernd knöpfte sie ihren Mantel auf und holte das Baby vorsichtig hervor, wobei sie sorgfältig das Köpfchen stützte. Im schwachen Schein der Straßenlaterne konnte sie das Gesicht ihrer Tochter gut erkennen. »Ich liebe dich«, flüsterte Sondra verzweifelt. »Ich werde dich immer lieben.« Das Baby sah sie an und schlug zum erstenmal ganz die Augen auf. Braune Augen starrten in blaue; langes, dunkelblondes Haar streifte gegen die blonden Löckchen auf der kleinen Stirn; winzige Lippen streckten sich suchend der mütterlichen Brust entgegen.

Sondra drückte den Kopf des Babys an ihren Hals; ihre Lippen streiften die weiche Wange, ihre Hand liebkoste Rücken und Beine des Kindes. Dann steckte sie die Kleine entschlossen in die Einkaufstüte, griff nach dem aus zweiter Hand gekauften Kinderwagen, der zusammengeklappt neben ihr stand, und klemmte ihn unter den Arm.

Sie wartete, bis einige Passanten vorbeigegangen waren, eilte dann zur Bordsteinkante und schaute sich in alle Richtungen um. An der nächsten Straßenecke standen Autos an einer roten Ampel, doch weit und breit war kein Fußgänger in Sicht.

Zwei Reihen dicht geparkter Autos auf beiden Straßenseiten schützten Sondra vor neugierigen Blikken, als sie über die Straße zum Pfarrhaus lief. Sie rannte die drei Stufen der niedrigen Vortreppe hinauf und klappte den Kinderwagen auseinander. Nachdem sie die Bremse festgestellt hatte, bettete sie das Baby unter den ausgefalteten Regenschutz und legte ihm das Bündel aus Kleidern und Flaschen zu Füßen. Kurz kniete sie nieder, um ihr Kind ein letztesmal anzusehen. »Lebwohl«, flüsterte sie. Dann stand sie auf und stürmte die Stufen hinab in Richtung Columbus Avenue.

Sie würde das Pfarrhaus von einer Telefonzelle zwei Straßen weiter anrufen.

Lenny war stolz darauf, daß ein Einbruch in einer Kirche bei ihm nie länger als drei Minuten dauerte. Allerdings muß man jederzeit mit einem stillen Alarm rechnen, dachte er, während er seinen Rucksack öffnete und eine Taschenlampe herausholte. Den dünnen Lichtstrahl auf den Boden gerichtet, machte er sich an seinen üblichen Rundgang. Zuerst schlich er zum Opferstock. Ihm war aufgefallen, daß die Spenden in letzter Zeit nachgelassen hatten. Doch diesmal war das Resultat besser als gewöhnlich: zwischen dreißig und vierzig Dollar.

Die Sammelbüchsen vor den Votivkerzen erwiesen sich als besser gefüllt als in den letzten zehn Kirchen. Es waren insgesamt sieben, in regelmäßigen Abständen vor den Heiligenstatuen aufgestellt.

Rasch knackte er die Schlösser und nahm das Geld an sich.

Im letzten Monat hatte er einige Male die Messe besucht, um sich mit den Räumlichkeiten vertraut zu machen. Da er festgestellt hatte, daß der Priester bei der Wandlung einen schlichten Kelch benutzte, sparte er sich die Mühe, das Tabernakel aufzubrechen, denn er erwartete nicht, etwas Lohnendes darin zu finden. Außerdem tat er so etwas ohnehin nur sehr ungern. Die Jahre in einer Klosterschule hatten, wie er zugeben mußte, ihre Wirkung auf ihn nicht völlig verfehlt, so daß ihn manchmal ein schlechtes Gewissen peinigte – eindeutig ein Nachteil, wenn man seinen Lebensunterhalt als Kirchenräuber bestreiten wollte.

Andererseits hatte er keine Skrupel, den Gegenstand zu entwenden, der ihn eigentlich hierhergeführt hatte: den Silberkelch mit dem sternförmigen Diamanten im Sockel. Er stammte aus dem Besitz von Joseph Santori, dem Priester, der die Gemeinde St. Clement vor hundert Jahren gegründet hatte, und war das einzig Wertvolle in dieser Kirche.

Über einem Mahagonischrein in einer Nische rechts vom Altarraum hing ein Gemälde, das Santori darstellte. Der Schrein war kunstvoll verziert, das Gitter diente dazu, den Kelch gleichzeitig vor Dieben zu schützen und zur Schau zu stellen. Nach einer der Messen, die Lenny besucht hatte, war er hinübergeschlendert, um die Inschrift unter dem Schrein zu lesen:

Anläßlich seiner Ordination in Rom erhielt Vater, später Bischof, Santori diesen Kelch von der Gräfin Maria Tomicelli zum Geschenk. Der Kelch hatte sich seit den Anfangstagen des Christentums im Besitz der Familie befunden. Im Alter von fünfundvierzig Jahren wurde Joseph Santori zum Bischof geweiht und dem Bistum Rochester zugeteilt. Bei seiner Pensionierung im Alter von fünfundsiebzig Jahren kehrte er nach St. Clement zurück, wo er seinen Lebensabend den Alten und Kranken widmete. Bischof Joseph Santori war für seine Frömmigkeit so berühmt, daß nach seinem Tode eine Petition an den Heiligen Stuhl gerichtet wurde, in der man um seine Seligsprechung bat. Die Entscheidung steht bis heute aus.

Der Diamant wird sicher ein paar Dollar einbringen, dachte Lenny, während er mit dem Beil ausholte. Mit zwei harten Schlägen zerschmetterte er die Scharniere des Schreins, riß die Türen auf und packte den Kelch. Aus Angst, vielleicht einen stillen Alarm ausgelöst zu haben, rannte er zur Seitentür der Kirche, stieß sie auf und ergriff die Flucht.

Als er nach Westen in Richtung Columbus Avenue lief, trocknete der kalte Wind rasch die Schweißperlen, die seine Stirn und seinen Rücken bedeckten. Eigentlich hatte er vor, sich auf der Straße unter die Passanten zu mischen und unbemerkt zu verschwinden, doch als er am Pfarrhaus vorbeikam, ertönte plötzlich das durchdringende Heulen von Polizeisirenen.

Er sah zwei Paare die Straße entlangschlendern, aber aus Angst, sich zu verraten, wagte er nicht, schneller zu laufen, um sie einzuholen. Da entdeckte er plötzlich den Kinderwagen auf den Stufen des Pfarrhauses, stürzte hinauf und schnappte ihn sich. Scheinbar befand sich nichts weiter darin als ein paar Einkaufstüten. Er schob seinen Rucksack in die Gepäckablage des Kinderwagens, und folgte dann rasch den beiden Paaren. Als er sie fast eingeholt hatte, verlangsamte er sein Tempo und schlenderte gemächlich weiter.

Der Streifenwagen raste vorbei und hielt mit quietschenden Reifen vor dem Pfarrhaus. Als er die Columbus Avenue erreicht hatte, beschleunigte Lenny seine Schritte wieder. Nun mußte er nicht mehr befürchten aufzufallen, denn an so einem kühlen Abend hatten es alle eilig, ihr Ziel zu erreichen. Er würde kein Aufsehen erregen, und kein Mensch würde auf einen mittelgroßen Mann Anfang Dreißig mit scharfen Gesichtszügen achten, der eine Kappe und eine schlichte, dunkle Jacke trug und einen billigen, abgenutzten Kinderwagen vor sich herschob.

Die Telefonzelle, die Sondra hatte benutzen wollen, war besetzt. Verzweifelt und todtraurig über den Abschied von ihrem Baby überlegte sie, ob sie den Benutzer, einen Mann in der Uniform eines Wachdienstes, unterbrechen und ihm erklären sollte, daß es sich um einen Notfall handelte.

Doch das ist unmöglich, sagte sie sich bedrückt. Wenn morgen etwas über das Baby in der Zeitung steht, wird er sich vielleicht an mich erinnern und die Polizei verständigen. Niedergeschlagen steckte sie die Hände in die Taschen und tastete nach den Münzen zum Telefonieren und dem Zettel, auf dem die Telefonnummer des Pfarrhauses stand. Aber die wußte sie ohnehin auswendig.

Obwohl es erst der 3. Dezember war, brannte überall schon die Weihnachtsbeleuchtung, und die Schaufensterdekorationen der Läden und Restaurants an der Columbus Avenue glitzerten. Ein Paar schlenderte Hand in Hand an Sondra vorbei und strahlte sich glücklich an. Die Frau war ungefähr achtzehn, so alt wie ich selbst, dachte Sondra. Allerdings fühlte sie sich in diesem Augenblick viel älter, Lichtjahre entfernt von diesem sorglosen, jungen Paar.

Es wurde kälter. Sie fragte sich, ob das Baby auch warm genug eingepackt war. Einen Moment lang schloß sie die Augen. Lieber Gott, mach, daß dieser Mann endlich zu telefonieren aufhört, ich muß jetzt unbedingt anrufen.

Kurz darauf wurde mit einem Klicken der Hörer eingehängt. Sondra wartete, bis sich der Mann einige Schritte entfernt hatte, bevor sie zum Hörer griff, die Münzen einwarf und wählte.

»Pfarrei St. Clement«, meldete sich die Stimme

eines älteren Mannes. Sicher war es der alte Priester, den sie bei der Messe gesehen hatte.

»Könnte ich bitte sofort mit Monsignore Ferris sprechen?«

»Ich bin Vater Dailey. Vielleicht kann ich Ihnen helfen. Monsignore Ferris ist draußen bei der Polizei. Wir haben einen Notfall.«

Wortlos hängte Sondra ein. Sie hatten das Baby bereits gefunden. Es war in Sicherheit. Monsignore Ferris würde sich darum kümmern, daß es ein gutes Zuhause bekam.

Eine Stunde später saß Sondra im Bus nach Birmingham, Alabama, wo sie Musik studierte. Ihr Instrument war die Geige, und wegen ihres außergewöhnlichen Talents sagte man ihr eine glanzvolle Karriere auf der Konzertbühne voraus.

Erst in der Wohnung seiner alten Tante hörte Lenny das leise Wimmern des Babys.

Erschrocken blickte er in den Kinderwagen, sah, daß sich die Einkaufstüte bewegte, und riß sie auf. Entsetzt starrte er das winzige Menschenwesen an und las ungläubig den an der Decke befestigten Zettel. Nachdem er ihn gründlich studiert hatte, stieß er einen leisen Fluch aus.

»Bist du das, Lenny?« rief seine Tante aus ihrem Schlafzimmer, das sich am anderen Ende das schmalen Flurs befand. Die Begrüßung klang nicht sonderlich begeistert, und der starke Akzent wies auf die italienische Herkunft der Sprecherin hin.

»Ja, Tante Lilly.« Da er das Baby unmöglich verstecken konnte, mußte er sich dringend etwas einfallen lassen. Was sollte er ihr sagen?

Lilly Maldonado kam ins Wohnzimmer. Obwohl sie bereits vierundsiebzig war, ließen ihr Aussehen und ihr Gang sie zehn Jahre jünger wirken. Ihr Haar, das sie zu einem strengen Knoten zurückgesteckt trug, wies noch viele schwarze Strähnen auf. Ihre großen, braunen Augen funkelten lebendig; sie war klein, vollbusig und hatte rasche, sichere Bewegungen.

Mit Lennys Mutter, ihrer jüngeren Schwester, war sie kurz nach dem Zweiten Weltkrieg aus Italien in die USA eingewandert. Sie war gelernte Näherin, hatte einen Schneider aus ihrem toskanischen Heimatdorf geheiratet und bis zu seinem Tod vor fünf Jahren mit ihm eine kleine Schneiderei in der Upper West Side betrieben. Inzwischen arbeitete sie von ihrer Wohnung aus oder besuchte ihre treuen Kundinnen zu Hause. Ihre Schneiderarbeiten und Änderungen waren äußerst preiswert.

Allerdings witzelten ihre Kunden, daß Lilly von ihnen als Gegenleistung für die niedrigen Preise ein offenes Ohr für ihre unablässigen Klagen über ihren mißratenen Neffen Lenny erwartete.

Dann lag Lilly, einen Haufen Stecknadeln neben sich, auf den Knien, maß sorgfältig die Säume ab, markierte sie mit Schneiderkreide und gab eine endlose Litanei von Beschwerden von sich. »Mein Neffe, er treibt mich noch in den Wahnsinn. Vom Tag seiner Geburt an hat er nichts als Ärger gemacht.

Seine Schulzeit: Fragen Sie mich lieber nicht. Festnahmen. Zweimal Besserungsanstalt. Und hat ihn das auf den rechten Weg gebracht? Nein. Verliert immer wieder die Arbeit. Und warum? Meine Schwester, seine Mama, Gott sei ihrer Seele gnädig, hat ihn zu sehr verwöhnt. Natürlich liebe ich ihn – schließlich ist er mein Fleisch und Blut –, aber er raubt mir den letzten Nerv. Es ist nicht auszuhalten mit ihm. Außerdem macht er die Nacht zum Tage. Ich frage mich bloß, wovon er lebt.«

Doch nun hatte Lilly Maldonado ein ernstes Zwiegespräch mit ihrem Lieblingsheiligen, dem heiligen Franz von Assisi, geführt und war zu einer Entscheidung gelangt. Sie war mit ihrem Latein am Ende – Lenny würde niemals auf den Pfad der Tugend finden. Und deshalb wollte sie ein für allemal einen Schlußstrich ziehen.

Das Licht im Flur war dämmrig, und da sie nur ihre vorbereitete Ansprache im Sinn hatte, bemerkte sie den Kinderwagen, der hinter ihrem Neffen stand, zunächst nicht.

Lilly verschränkte die Arme vor der Brust und sagte streng: »Lenny, du hast mich gefragt, ob du ein paar Nächte hier schlafen kannst. Das war vor drei Wochen, und ich will dich hier nicht mehr sehen. Pack deine Sachen und verschwinde.«

Lillys laute Stimme schreckte das bereits wache Baby auf, und das leise Wimmern steigerte sich zu einem ohrenbetäubenden Gebrüll.

»Was ist das?« rief Lilly aus. Dann entdeckte sie

den Kinderwagen, schob ihren Neffen rasch beiseite und blickte hinein. »Was hast du jetzt wieder angestellt?« fragte sie entsetzt. »Woher hast du dieses Kind?«

Lenny überlegte rasch. Er wollte nicht ausziehen. Er fühlte sich in der Wohnung sehr wohl, und außerdem gab es ihm einen seriösen Anstrich, wenn er mit seiner Tante zusammenlebte. Da er den Brief der Kindesmutter gelesen hatte, faßte er einen schnellen Entschluß.

»Es ist meins, Tante Lilly. Ein Mädchen, in das ich mal verliebt war, ist die Mutter. Aber sie zieht nach Kalifornien und möchte das Kind zur Adoption freigeben. Ich bin dagegen. Ich will es behalten.«

Das Gebrüll hatte sich inzwischen in ein forderndes Kreischen verwandelt. Kleine Fäuste fuchtelten.

Lilly öffnete das Bündel, das zu Füßen des Babys lag. »Das Kind hat Hunger«, verkündete sie. »Wenigstens hat deine Freundin Babynahrung dagelassen.« Sie nahm eine der Flaschen und drückte sie Lenny in die Hand. »Los, aufwärmen.«

Ihre Miene veränderte sich, als sie das winzige Kind aus den Decken wickelte und es tröstend in den Armen wiegte. »Beautiful, *bella*. Wie kann es sein, daß deine Mama dich nicht haben will?« Sie sah Lenny an. »Wie heißt sie?«

Lenny dachte an den sternförmigen Diamanten am Kelch. »Sie heißt Star, Tante Lilly.«

»Star«, murmelte Lilly Maldonado und fuhr dann

fort, das schluchzende Kind zu beruhigen. »In Italien würden wir sie Stellina nennen. Das heißt kleiner Stern.«

Nachdenklich beobachtete Lenny die aufkeimende Zuneigung zwischen dem Kind und der alten Frau. Niemand würde das Baby suchen, überlegte er. Schließlich hatte er es nicht entführt, und falls es doch Schwierigkeiten geben sollte, hatte er ja noch den Brief, der bewies, daß es ausgesetzt worden war. Er wußte, daß Großmutter auf Italienisch *nonna* hieß. »Star, meine Kleine, ich habe jetzt ein Zuhause, und du hast eine *nonna*«, sagte sich Lenny zufrieden, als er in die Küche ging, um das Fläschchen aufzuwärmen.

2

SIEBEN JAHRE SPÄTER

Willy Meehan saß an dem Klavier, das ihm seine Frau Alvirah zum zweiundsechzigsten Geburtstag geschenkt hatte, und versuchte stirnrunzelnd, die Noten in John Thompsons »Klavierschule für Senioren« zu entziffern. Vielleicht ist es einfacher, wenn ich mitsinge, überlegte er und fing an: »Schlaf in himmlischer Ruh …«

Willy hat eine schöne Stimme, dachte Alvirah, als sie ins Zimmer kam. »Stille Nacht« ist eines meiner Lieblings-Weihnachtslieder. Liebevoll betrachtete sie den Mann, mit dem sie seit über vierzig Jahren verheiratet war. Im Profil sah er dem verstorbenen Tip O'Neill, Sprecher des Repräsentantenhauses, noch viel ähnlicher als von vorne. Mit seinem weißen Haarschopf, dem wettergegerbten Gesicht, den leuchtenden blauen Augen und dem einnehmenden Lächeln erntete Willy häufig erstaunte Blicke des vermeintlichen Wiedererkennens, obwohl O'Neill schon vor einigen Jahren verstorben war.

Als Alvirah ihn nun zärtlich musterte, kam sie zu dem Schluß, daß er in seinem dunkelblauen Anzug einfach großartig aussah. Er trug ihn zu Ehren von Bessie Durkin Maher, deren Totenfeier heute stattfand. Alvirah hatte widerwillig das marineblaue Kostüm Größe vierzig, das sie eigentlich hatte anziehen wollen, mit einem schwarzen Kleid vertauscht, das eine Nummer größer war. Am Vorabend war sie mit Willy von der Karibikkreuzfahrt zurückgekehrt, zu der sie Ende November aufgebrochen waren. Das reichhaltige Essen an Bord war Gift für ihre Figur gewesen.

»Nur der Engel Hallelujah«, sang Willy und spielte leise mit.

Der liebe Gott hat uns ganz sicher einen Schutzengel geschickt, dachte Alvirah. Weil sie Willy nicht stören wollte, schlich sie auf Zehenspitzen zum Fenster und genoß die atemberaubende Aussicht auf den Central Park.

Vor nur zwei Jahren hatten Alvirah, damals Putzfrau, und Willy, ein ehemaliger Klempner, in Jackson Heights, einem Stadtteil von Queens gewohnt, und zwar noch in derselben Wohnung, in die sie als jungverheiratetes Paar eingezogen waren. Nach einem schweren Arbeitstag bei Mrs. O'Keefe, die sich betrogen fühlte, wenn Alvirah beim Staubsaugen nicht jedes einzelne Möbelstück im Haus verrückte, war sie todmüde gewesen. Dennoch hatten Willy und sie sich wie jeden Mittwoch und Samstag im Fernsehen die Ziehung der Lottozahlen angesehen und fast beide einen Herzanfall bekommen, als ihre Zahlen – die, die sie immer tippten – gezogen wurden.

Und dann wurde uns klar, daß wir vierzig Millionen Dollar gewonnen haben, dachte Alvirah, die ihr Glück noch immer kaum fassen konnte.

Das war nicht nur Glück, sondern Gottes Wille, verbesserte sie sich, während sie die Aussicht auf sich wirken ließ. Es war viertel vor sieben, der frische Schnee im Central Park lag wie eine schimmernde weiße Decke auf Bäumen und Wiesen. In der Ferne glitzerte die Weihnachtsbeleuchtung rund um das Restaurant Tavern on the Green. Die Scheinwerfer der Privatwagen und Taxis bildeten einen Fluß aus Licht, der sich durch die gewundenen Straßen schlängelte. Überall sonst auf der Welt wäre es einfach nur Autoverkehr, überlegte sie. Die Pferdekutschen im Park, die sicher noch herumfuhren, obwohl sie sie wegen der Dunkelheit nicht erkennen konnte, erinnerten sie immer an die Geschichten, die ihre Mutter ihr über ihre Kindheit am Central Park erzählt hatte. Das war kurz nach der Jahrhundertwende gewesen. Und beim Anblick der Eisläufer, die auf der Wollman-Bahn ihre Kreise zogen, fielen ihr die Abende vor vielen Jahren ein, als sie in St. Raymond's in der Bronx Rollschuh gelaufen war.

Nach dem Lottogewinn, der ein Jahreseinkommen von zwei Millionen Dollar abzüglich Steuern bedeutete, waren sie und Willy in diese Luxuswohnung gezogen. In der Nähe des Central Parks zu leben, war schon immer ihr Wunschtraum gewesen, und außerdem stellte die Wohnung eine gute Geldanlage dar. Dennoch hatten sie ihre alte Mietwohnung in Jackson Heights behalten. Es konnte ja durchaus sein, daß der Staat New York pleite ging und der Geldstrom versiegte.

Es war nicht zu leugnen, daß Alvirah ihren neuen Reichtum gut nutzte. Sie spendete erhebliche Summen für wohltätige Zwecke und machte sich ansonsten ein schönes Leben. Außerdem war sie in den Kurort Cypress Point bei Pebble Beach gereist und wegen ihrer Neugier dort fast ermordet worden – eine Erfahrung, die ihr wohl ewig im Gedächtnis bleiben würde. Dieses Erlebnis machte sich bezahlt, als sie Kolumnistin beim *New York Globe* wurde. Und da eines meistens zum anderen führt, hatte sie mit Hilfe ihres kleinen Aufnahmegeräts, das als Brosche in Form eines Sonnenaufgangs getarnt war, schon manches Verbrechen aufgeklärt. So hatte sie sich – obwohl sie natürlich Amateurin blieb – im Laufe der Zeit einen Ruf als Meisterdetektivin erworben.

Willys Fähigkeiten als Klempner wurden inzwischen nur noch von seiner ältesten Schwester Cordelia genutzt, die Nonne war und die Armen und Alten in der Upper Westside von Manhattan betreute. Sie hielt Willy auf Trab, indem sie ihn in den Obdachlosenunterkünften Waschbecken, Toiletten und Heizkörper reparieren ließ.

Bevor sie zu ihrer Kreuzfahrt aufgebrochen waren, hatte er Überstunden gemacht und den ersten Stock eines ehemaligen Möbelgeschäfts renoviert, in dem Cordelia einen aus Kleidersammlungen und Spenden bestückten Secondhand-Laden eröffnet hatte. Außerdem betrieb sie dort eine nicht registrierte Kindertagesstätte namens »Heimathafen« für Schüler zwischen der ersten und der fünften Klasse, deren Eltern berufstätig waren.

Ja, Alvirah fand, daß es wunderbar war, Geld zu haben, wenn man dabei nicht vergaß, was Armut bedeutete – und Willy und sie hatten sich fest vorgenommen, das nie zu vergessen. Es ist schön, anderen Menschen zu helfen, dachte sie, doch auch falls wir alles verlieren sollten, wären wir glücklich, solange wir nur zusammensein können.

»Schlaf in himmlischer Ruh«, beendete Willy mit einem entschlossenen Crescendo das Lied. »Gehen wir jetzt, Liebling?« Er schob den Klavierhocker zurück.

»Ich bin fertig.« Alvirah drehte sich zu ihm um. »Das klingt wunderbar. Du spielst mit soviel Gefühl. Die meisten Leute leiern diese schönen Lieder einfach nur herunter.«

Willy lächelte wohlwollend. Manchmal verfluchte er den Moment, in dem er Alvirah gestanden hatte, daß er als Kind so gerne Klavierspielen gelernt hätte, von ganzem Herzen. Dennoch machte es ihm inzwischen Freude, wenn er ein Lied fehlerfrei zu Ende brachte.

»Ich spiele nur so langsam, weil ich die Noten nicht schneller lesen kann«, witzelte er. »Aber egal, wir müssen los.«

Das Beerdigungsinstitut befand sich in der 96. Straße in der Nähe des Riverside Drive. Während das Taxi sich durch den dichten Verkehr nach Norden schlängelte, mußte Alvirah an ihre Freundinnen Bessie und Kate Durkin denken. Sie kannte Bessie und Kate schon seit vielen Jahren. Kate war Verkäuferin im Kaufhaus Macy's gewesen, Bessie hatte als Haushälterin bei einem pensionierten Richter und seiner kranken Frau gearbeitet und gewohnt.

Nach dem Tod der Richtersgattin hatte Bessie ihre Stelle gekündigt, und zwar mit der Begründung, sie könne nicht ohne die Anwesenheit einer anderen Frau mit einem Witwer unter einem Dach leben.

Eine Woche später hatte Richter Aloysius Maher um ihre Hand angehalten, und Bessie hatte nach sechzig Jahren als Junggesellin sofort ja gesagt. Kaum war die Hochzeit vorbei, nahm sie das große, schöne Anwesen in der Upper West Side in Besitz.

Da Willy und Alvirah seit vierzig Jahren glücklich verheiratet waren, hatten sie inzwischen die Fähigkeit entwickelt, die Gedanken des anderen zu lesen. »Bessie wußte genau, was sie tut, als sie ihre Stelle kündigte«, sagte Willy, womit er genau das in Worte faßte, was Alvirah sich gerade überlegt hatte. »Ihr war klar, daß es ihre letzte Chance war, den Richter zum Altar zu schleppen. Sie hat das Haus schon immer behandelt, als ob es ihr gehörte. Und es hätte sie umgebracht, von einer Nebenbuhlerin verdrängt zu werden.«

»Ja, sie hatte das Haus sehr gern«, stimmte Alvirah zu. »Und man muß ihr zugutehalten, daß sie ihren Teil der Abmachung erfüllt hat. Sie war eine ausgezeichnete Hausfrau und kochte einfach göttlich. Der Richter konnte die nächste Mahlzeit kaum erwarten. Und du mußt zugeben, daß sie ihn von vorn bis hinten bedient hat.«

Willy hatte Bessie Durkin noch nie besonders leiden können. »Sie hat alles genau geplant. Der Richter hat nach acht Jahren das Zeitliche gesegnet. Bessie hat das Haus und eine Pension bekommen und Kate gebeten, zu ihr zu ziehen. Und seitdem hat sie sich von ihrer Schwester nach Strich und Faden bedienen lassen.«

»Kate ist eine Heilige«, räumte Alvirah ein. »Aber natürlich gehört das Haus jetzt nach Bessies Tod ihr, und sie hat ein Einkommen. Sie kann sich ein angenehmes Leben machen.«

Aufgemuntert von ihrer eigenen Zuversicht, sah sie aus dem Fenster. »Ach, Willy, findest du die Weihnachtsdekorationen in den Fenstern nicht auch wunderschön?« fragte sie. »Ein Jammer, daß Bessie kurz vor Weihnachten sterben mußte, und sie hatte das Fest doch so gern.«

»Heute ist erst der 4. Dezember«, entgegnete Willy. »Wenigstens hat sie das Erntedankfest noch erlebt.«

»Stimmt«, meinte Alvirah. »Ich bin froh, daß wir es mit ihnen verbracht haben. Erinnerst du dich noch, wie gut ihr der Truthahn geschmeckt hat? Sie hat ihren ganzen Teller leergegessen.«

»Und alles, was sie sonst noch in die Finger kriegen konnte«, spöttelte Willy. »Da sind wir ja schon.«

Als das Taxi am Straßenrand stoppte, hielt ihnen ein Angestellter des Beerdigungsinstituts Reading die Tür auf und teilte ihnen mit gedämpfter Stimme mit, daß die sterbliche Hülle von Bessie Durkin Maher im Ostsalon aufgebahrt sei. Schwerer, süßlicher Blumenduft hing in der Luft, und es herrschte Grabesstille, als sie feierlich den Korridor entlangschritten.

»In solchen Läden kriege ich Gänsehaut«, flüsterte Willy. »Es riecht immer nach verwelkten Nelken.«

Im Ostsalon befand sich bereits eine Reihe von Trauergästen, zu denen auch Vic und Linda Baker gehörten, die Mieter, die das obere Stockwerk von Bessies Haus bewohnten. Sie standen am Kopfende des Sarges neben Bessies Schwester Kate und nahmen die Beileidswünsche entgegen, als wären sie Familienmitglieder.

»Was soll denn das?« zischte Willy Alvirah zu, während sie auf eine Gelegenheit warteten, mit Kate zu sprechen.

Kate, dreizehn Jahre jünger als ihre gestrenge Schwester, war eine drahtige Fünfundsiebzigjährige mit einem kurzen, grauen Pagenkopf und freundlichen blauen Augen, in denen jetzt die Tränen standen.

Ihr ganzes Leben lang ist sie von Bessie unterdrückt worden, dachte Alvirah, als sie Kate in die Arme schloß. »Es war besser so, Kate«, sagte sie mit Nachdruck. »Wenn Bessie den Schlaganfall überlebt hätte, wäre sie vollständig gelähmt gewesen, und das hätte sie nicht ertragen.«

»Sicher nicht«, stimmte Kate zu und wischte sich die Tränen weg. »Das hätte sie nicht gewollt. Wahrscheinlich habe ich Bessie gleichzeitig als Schwester und als Mutter betrachtet. Auch wenn sie ziemlich starrköpfig sein konnte, hatte sie doch ein gutes Herz.«

»Wir werden sie schrecklich vermissen«, meinte Alvirah. Willy, der hinter ihr stand, seufzte tief auf.

Während Willy Kate brüderlich umarmte, wandte Alvirah sich an Vic Baker. Sein Traueranzug wirkte so steif, daß er Alvirah an ein Mitglied der Addams-Family erinnerte. Baker war ein gedrungener Mann Mitte dreißig, mit einem jungenhaften Gesicht, dunkelbraunem Haar und verschlagenen, porzellanblauen Augen. Er trug einen schwarzen Anzug und eine schwarze Krawatte. Seine Frau Linda stand neben ihm, ebenfalls in Schwarz gekleidet und mit einem Taschentuch vor dem Gesicht.

Eindeutig Krokodilstränen, dachte Alvirah spöttisch. Sie hatte Vic und Linda beim Erntedankfest kennengelernt. Da Kate wußte, wie schlecht es um die Gesundheit ihrer Schwester stand, hatte sie Alvirah, Willy, Schwester Cordelia, Schwester Maeve Marie und Monsignore Thomas Ferris, den Pfarrer von St. Clement, dessen Pfarrhaus nur ein paar Türen weiter in der 103. Straße lag, zum Festessen eingeladen.

Vic und Linda hatten hereingeschaut, als es gerade Kaffee gab, und Alvirah hatte den Eindruck gewonnen, daß Kate die beiden absichtlich nicht gebeten hatte, zum Nachtisch zu bleiben. Warum benahmen sie sich jetzt, als wären sie die zutiefst betroffenen Angehörigen? fragte sie sich. Lindas Trauermiene war doch ganz offensichtlich nur gespielt.

Viele Leute würden sie für gutaussehend halten, überlegte Alvirah weiter, während sie Lindas ebenmäßiges Gesicht betrachtete. Aber ich glaube, mit ihr ist nicht gut Kirschen essen. Sie hat etwas Kaltes in den Augen, und ich traue ihr nicht über den Weg. Und diese stachelige Frisur mit den aufdringlichen blonden Strähnchen sieht einfach verboten aus.

»... als wäre sie meine eigene Mutter gewesen«, sagte Linda mit zitternder Stimme.

Willy hatte diese Bemerkung natürlich gehört und konnte es sich nicht verkneifen, etwas hinzuzufügen. »Sie sind doch erst vor einem knappen Jahr eingezogen«, meinte er.

Ohne eine Antwort abzuwarten, nahm er Alvirah am Arm und zog sie zur Kniebank.

Noch im Tode wirkte Bessie Durkin, als hätte sie alles bestens im Griff. Sie trug ihr bestes geblümtes Kleid und um ihren Hals lag eine enge Kette aus falschen Perlen, die der Richter ihr zur Hochzeit geschenkt hatte. Ihr Haar war frisch frisiert. Bessies

Gesicht hatte den zufriedenen Ausdruck eines Menschen, dem es sein Leben lang gelungen war, andere nach seiner Pfeife tanzen zu lassen.

Als Alvirah und Willy sich später von Kate verabschiedeten, versprachen sie ihr, zum Trauergottesdienst nach St. Clement zu kommen und mit ihr im Auto zum Friedhof zu fahren. »Schwester Cordelia ist auch eingeladen«, sagte Kate. »Willy, ich habe mich in der Woche, in der ihr verreist wart, schrecklich um sie gesorgt. Sie steht unter großem Druck. Die Stadtverwaltung macht ihr entsetzliche Schwierigkeiten wegen der Kindertagesstätte.«

»Das haben wir uns gedacht«, antwortete Willy. »Ich habe sie vorhin angerufen, aber sie war nicht da und hat sich nicht mehr bei mir gemeldet. Ich hatte eigentlich erwartet, sie heute abend hier zu sehen.«

Als Kate durchs Zimmer blickte, bemerkte sie, daß Linda Baker auf sie zukam. Sie senkte die Stimme. »Ich habe Schwester Cordelia nach der Beerdigung zu mir nach Hause gebeten«, flüsterte sie. »Ich möchte, daß ihr auch kommt. Der Monsignore wird ebenfalls da sein.«

Sie wünschten einander eine gute Nacht, und da Willy ein wenig frische Luft brauchte, um den betäubenden Blumengeruch loszuwerden, beschlossen sie, ein Stück zu Fuß zu gehen, bevor sie ein Taxi anhielten.

»Hast du gemerkt, wie Linda Baker auf uns zustürmte, als sie uns mit Kate reden sah?« fragte Willy, als sie Arm im Arm die Columbus Avenue entlangschlenderten.

»Aber natürlich. Ich muß sagen, daß diese Frau etwas an sich hat, das mich beunruhigt. Außerdem mache ich mir um Cordelia Sorgen. Sie ist auch nicht mehr die jüngste. Und ich denke, sie hat sich mit der Betreuung der Schulkinder ein wenig übernommen.«

»Willy, sie stellt ihnen nur einen warmen Aufenthaltsraum zur Verfügung, bis ihre Mütter von der Arbeit kommen. Wie kann jemand etwas dagegenhaben?«

»Die Stadtverwaltung kann das. Auch wenn es dir nicht paßt, gibt es eben Gesetze und Vorschriften, die die Betreuung von Kindern regeln. Warte mal, ich habe genug von dieser Kälte. Da ist ja schon ein Taxi.«

3

»Auch wenn es dir nicht paßt, gibt es eben Gesetze und Vorschriften«, wiederholte Schwester Cordelia am nächsten Tag Willys Worte, ohne es zu wissen. »Sie haben mir ein Ultimatum gestellt, den 1. Januar. Pablo Torres von der Baubehörde hat gesagt, er hätte ohnehin schon lange genug beide Augen zugedrückt.«

Es war ein Uhr, die Totenmesse war vorüber. Bessie Durkin war auf dem Calvary Friedhof neben drei Generationen von Durkins zur letzten Ruhe gebettet worden.

Willy, Alvirah, Schwester Cordelia, ihre Helferin Schwester Maeve Marie, eine neunundzwanzigjährige ehemalige New Yorker Polizistin, und Monsignore Thomas Ferris saßen am Tisch in Bessies Haus und labten sich an Virginia-Schinken, hausgemachtem Kartoffelsalat und Sauerteigbrötchen, die Kate vorbereitet hatte.

»Braucht jemand noch etwas?« fragte Kate bescheiden, bevor sie sich am Tisch niederließ.

»Kate, setz dich hin«, befahl Alvirah. Sie wandte

sich an Cordelia. »Um was für schreckliche Probleme geht es eigentlich genau?« fragte sie.

Einen Moment glättete sich die sorgenvoll gefurchte Stirn der siebzigjährigen Nonne. Cordelia bedachte ihre Schwägerin mit einem milden Blick und lächelte. »Dagegen kannst nicht einmal du etwas tun, Alvirah. Sechsunddreißig Kinder im Alter zwischen sechs und elf Jahren kommen jeden Tag nach der Schule zu uns. Ich habe Pablo gefragt, ob er lieber möchte, daß sie sich auf der Straße herumtreiben, und ich wollte von ihm wissen, was wir falsch machen. Bei uns bekommen die Kleinen einen Imbiß. Außerdem haben wir ein paar vertrauenswürdige ältere Schüler von der Highschool angeworben, die ihnen bei den Hausaufgaben helfen und mit ihnen spielen. Da im Kleiderladen immer erwachsene Helfer arbeiten, sind die Kinder ständig unter Aufsicht. Die Eltern holen sie um halb sieben ab. Natürlich verlangen wir kein Geld dafür. Die Schulkrankenschwestern haben alle Kinder untersucht, die bei uns beaufsichtigt werden, und nicht den kleinsten Grund zur Klage gefunden.«

Seufzend schüttelte Cordelia den Kopf.

»Wir wissen, daß das Haus bald verkauft werden wird«, erklärte Schwester Maeve. »Aber es dauert mindestens noch ein Jahr, bis wir ausziehen müssen. Wir haben das ganze obere Stockwerk, in dem die Kinder sich aufhalten, frisch renoviert, so daß nirgends mehr Verletzungsgefahr besteht. Allerdings genügt das der Baubehörde nicht, da im Haus angeblich vor Jahren bleihaltige Farbe verwendet worden ist. Die Schwester Oberin hat Pablo gefragt, ob er sich einmal andere Kindertagesstätten angesehen und die Zustände dort mit denen bei uns verglichen hätte. Er antwortete, die Vorschriften stammten nicht von ihm. Wir müssen zwei Eingänge haben, und die Feuertreppe zählt nicht.«

»Sie ist zwar so breit, daß fünf Kinder nebeneinander hergehen könnten, aber sie gilt nicht als Notausgang«, ergänzte Schwester Cordelia. »Maeve, wir könnten noch stundenlang erzählen. Doch alles läuft darauf hinaus, daß wir unsere Tagesstätte in vier Wochen schließen müssen. Und wenn dennoch ein Kind zu uns kommt, bleibt uns nichts anderes übrig, als es in eine leere Wohnung nach Hause zu schicken, wo sich niemand um es kümmert und aufpaßt, daß ihm nichts zustößt.«

Monsignore Ferris griff nach seiner leeren Tasse, als Kate die Teekanne hochhielt. »Ach danke, Kate. Ich finde, es ist jetzt an der Zeit, den anderen unsere gute Nachricht mitzuteilen.«

Kate blickte schüchern zu Boden. »Könnten Sie das bitte tun, Monsignore?«

»Aber gern. Bessie, möge sie in Frieden ruhen, ahnte, daß das Ende nah war, und rief mich deshalb am Tag nach dem Erntedankfest zu sich.«

Bitte, laß es das sein, was ich glaube, schickte Alvirah ein Stoßgebet zum Himmel.

Monsignore Ferris strahlte übers ganze Gesicht, was bei ihm selten vorkam. Offenbar hatte er wirklich eine gute Nachricht zu überbringen. Er strich sein silbergraues Haar zurück, das vom Wind auf dem Friedhof zerzaust worden war, und sagte: »Bessie hat mir gesagt, daß sie dieses Haus in ihrem Testament natürlich ihrer Schwester hinterlassen hat. Dazu erhält Kate ein Einkommen, das ihr einen angenehmen Lebensabend sichert. Doch Kate habe sie wissen lassen, daß sie das Haus gerne Schwester Cordelia für ihre Kindertagesstätte stiften würde.«

»Gütiger Himmel!« rief Schwester Cordelia ergriffen. »Ach, Kate.«

»Kate beabsichtigt, in die Wohnung zu ziehen, die zur Zeit von den Bakers bewohnt wird. Offen gestanden war Bessie nicht begeistert von dem Gedanken, fand aber, daß die Entscheidung bei Kate lag. Deshalb bat sie mich, für einen reibungslosen Ablauf zu sorgen.«

»Sie wissen ja, daß Bessie mir kaum zutraute, allein den Weg zum Lebensmittelladen zu finden«, meinte Kate wehmütig.

»Ich versprach Bessie, ein Auge auf das Projekt zu haben. Schließlich ist das Pfarrhaus gleich nebenan. Außerdem ist Kate sehr wohl in der Lage, ihr Leben ohne fremde Hilfe zu meistern«, erklärte der Monsignore.

»Ich würde mich freuen, die Kindertagesstätte im Haus zu haben«, sagte Kate. »Schon seit der Eröffnung wollte ich ehrenamtlich mithelfen, Cordelia, aber Bessie brauchte mich.«

Monsignore Ferris stand auf und schmunzelte, als er an Schwester Cordelias Miene erkannte, daß sie ihr Glück noch kaum fassen konnte. »Ich war schon immer der Meinung, daß Voraussicht zu den Kardinaltugenden gezählt werden sollte«, verkündete er. »Zufällig habe ich eine Flasche Champagner kaltgestellt. Ich denke, es wäre jetzt angebracht, ein Glas auf Bessie und Kate, die Durkin-Schwestern, zu trinken.«

Das ist ja wunderbar! Warum bin ich nur so beunruhigt? fragte sich Alvirah. Ich habe das Gefühl, daß ein Unglück geschehen wird. Sie ging die verschiedenen Möglichkeiten im Geist durch, so wie man mit der Zunge einen schmerzenden Zahn abtastet, und es dauerte nicht lange, bis sie auf den Grund ihrer Besorgnis stieß: die Bakers.

»Bist du sicher, daß du die Bakers loswerden kannst, Kate?« wollte sie wissen. »Heutzutage kann man Mietern nicht mehr so leicht kündigen.«

»Ganz sicher«, entgegnete Kate entschlossen. »Der Mietvertrag ist auf ein Jahr begrenzt und läuft im Januar aus. Und es gibt darin eine Klausel, die besagt, daß die Verlängerung allein Sache des Vermieters ist. Erinnerst du dich noch an damals, als wir an den jungen Mann vermietet hatten, der ein Sportfanatiker war. Mindestens einmal in der Woche ließ er eine Hantel fallen, und das immer mitten in der Nacht. Bessie hatte schon Angst, das Haus könnte einstürzen. Du weißt ja, wieviel ihr dieses Haus bedeutet hat. Nachdem sie ihn schließlich los war, hat sie die

Klausel mit der Verlängerung in den neuen Vertrag eingefügt.«

»Sieht aus, als hättest du an alles gedacht«, stellte Willy fest.

»Es tut mir wirklich leid, daß sie ausziehen müssen, aber um ehrlich zu sein, freue ich mich schon darauf, wenn sie weg sind«, meinte Kate. »Vic Baker mischt sich ständig in alles ein und fragt, ob er etwas reparieren kann. Man könnte glauben, das Haus gehört ihm.«

Nachdem sie sich eine Stunde später verabschiedet hatten, begleiteten Willy und Alvirah Monsignore Ferris noch zur Tür des Pfarrhauses. Am Himmel hing eine dichte Wolkendecke, der Wind hatte aufgefrischt, und die feuchte Kälte drang einem bis ins Mark.

»Laut Wettervorhersage soll es einen langen Winter geben«, sagte Alvirah. »Können Sie sich vorstellen, daß man all den kleinen Kindern in ein paar Wochen mitteilen muß, daß sie nicht mehr in die Tagesstätte kommen können, wo sie gut aufgehoben sind und im Warmen sitzen?«

Das war natürlich eine rhetorische Frage, und Alvirah erwartete auch gar keine Antwort. Statt dessen galt ihre Aufmerksamkeit der anderen Straßenseite, wo eine junge Frau im Jogginganzug stand und das Pfarrhaus betrachtete.

»Monsignore Tom«, meinte sie. »Sehen Sie diese Frau? Finden Sie es nicht merkwürdig, wie sie hier herumsteht?«

Er nickte. »Ich habe sie gestern auch schon beobachtet. Heute morgen war sie in der Frühmesse. Als sie gehen wollte, bin ich ihr nachgelaufen und habe sie gefragt, ob ich ihr helfen kann. Sie hat nur den Kopf geschüttelt und die Flucht ergriffen. Wenn sie etwas auf dem Herzen hat, über das sie mit mir sprechen will, muß ich vermutlich warten, bis sie damit zu mir kommt.«

Willy hielt Alvirah, die schon die Straße überqueren wollte, am Arm zurück. »Vergiß nicht, daß wir zur Tagesstätte müssen, um Cordelia bei den Vorbereitungen fürs Krippenspiel zu helfen«, erinnerte er sie.

»Damit meinst du wohl, daß ich mich nicht in anderer Leute Angelegenheiten einmischen soll. Wahrscheinlich hast du recht«, stimmte Alvirah belustigt zu.

Wieder blickte sie zur anderen Straßenseite hinüber. Die junge Frau ging rasch in Richtung Westen. Alvirah kniff die Augen zusammen, um das klassische Profil und die majestätische Haltung besser bewundern zu können. »Sie kommt mir bekannt vor«, stellte sie fest. »Langsam läßt mein Gedächtnis nach.«

4

Sie reden über mich, dachte Sondra, während sie davoneilte. Die Renovierungsarbeiten an dem Haus, vor dem sie damals gestanden hatte, waren längst beendet. Kein Gerüst schützte sie vor Blicken, als sie überlegte, was sie tun sollte.

Aber was *konnte* sie tun? Ganz sicher konnte sie jenen Tag vor sieben Jahren nicht rückgängig machen, an dem sie ihr Baby in einem Kinderwagen auf der Vortreppe des Pfarrhauses ausgesetzt hatte. Wenn es doch bloß möglich gewesen wäre! Lieber Gott, an wen soll ich mich wenden? Was ist mit meinem Kind geschehen? Wer hat mein kleines Mädchen aufgenommen? Sie mußte die Tränen unterdrücken.

Ein Taxi mit eingeschalteter Beleuchtung war im Verkehr steckengeblieben. Sie hob die Hand und winkte dem Fahrer zu. »Ins Wyndham, 58. Straße West, zwischen Fifth und Sixth Avenue«, sagte sie, nachdem sie hinten eingestiegen war.

»Zum erstenmal in New York?« fragte der Taxifahrer.

»Nein.« Aber ich war sieben Jahre lang nicht mehr hier, dachte sie. Zum erstenmal war sie mit zwölf Jahren in New York gewesen. Ihr Großvater war mit ihr zu einem Konzert von Midori in der Carnegie Hall aus Chicago hergeflogen. Danach hatte er sie noch zweimal mitgenommen. »Eines Tages wirst du auf dieser Bühne spielen«, hatte er gesagt. »Du hast Talent. Du kannst genausoviel Erfolg haben wie sie.«

Ihr Großvater, ein Geiger, dessen Karriere durch eine Arthritis jäh beendet worden war, arbeitete als Musiklehrer und Kritiker. Und er hat mich unterstützt, dachte Sondra traurig. Er war sechzig, als ich zu ihm gezogen bin.

Sie war erst zehn Jahre alt gewesen. Ihre Eltern, beide noch sehr jung, hatten bei einem Unfall ihr Leben verloren. Großvater hat sich um mich gekümmert und mir alles beigebracht, was er über Musik wußte, erinnerte sie sich. Und er hat viel Geld ausgegeben, damit ich die großen Geiger auf der Bühne hören konnte.

Ihr Talent hatte ihr ein Stipendium an der University of Birmingham eingebracht. Dort hatte sie im Frühling ihres ersten Studienjahres Anthony del Torre kennengelernt, einen Pianisten, der auf dem Universitätsgelände ein Konzert geben sollte. Und was dann passierte, hätte nie geschehen dürfen.

Wie hätte ich Großvater sagen können, daß ich mich mit einem verheirateten Mann eingelassen habe? fragte sie sich nun. *Es gab keine Möglichkeit, das Baby zu behalten. Ich hatte kein Geld für eine Tagesmutter und noch ein jahrelanges Studium vor mir. Und wenn ich Großvater meinen Fehltritt gestanden hätte, hätte es ihm das Herz gebrochen.*

Während das Taxi sich durch den zähfließenden Verkehr schlängelte, dachte Sondra an diese schreckliche Zeit zurück. Daran, wie sie das Geld für die Fahrt nach New York gespart und sich dort am 30. November ein billiges Hotelzimmer genommen hatte. Sie hatte Babykleidung, Windeln, Fläschchen, Babynahrung und den Kinderwagen gekauft und ein Krankenhaus in der Nähe des Hotels ausfindig gemacht. Ihr Plan war gewesen, in die Notaufnahme zu gehen, wenn die Wehen einsetzten, und dort einen falschen Namen und eine falsche Adresse anzugeben. Doch die Geburt am 3. Dezember war so rasch verlaufen, daß sie es nicht mehr bis ins Krankenhaus geschafft hatte.

Schon am Anfang der Schwangerschaft hatte Sondra beschlossen, das Baby in New York auszusetzen. Sie liebte diese Stadt. Und seit ihrem ersten Besuch mit ihrem Großvater träumte sie davon, eines Tages in Manhattan zu leben, denn sie hatte sich dort sofort zu Hause gefühlt. Bei jenem ersten Aufenthalt hatte ihr Großvater ihr auch St. Clement gezeigt, die Kirche, in der er als kleiner Junge den Gottesdienst besucht hatte. »Wenn ich einen besonderen Wunsch hatte, kniete ich mich in die Reihe neben dem Bild von Bischof Santori und seinen Kelch«, erzählte er. »Das gab mir stets Trost, Sondra. Auch als ich bemerkte, daß meine Finger immer steifer wurden und daß es keine Aussicht auf Heilung gab, bin ich dorthin gegangen. Damals hatte ich alle Hoffnung verloren.«

In den Tagen vor der Geburt war Sondra öfter in St. Clement gewesen. Und jedesmal hatte sie sich in dieselbe Reihe gekniet wie ihr Großvater. Sie beobachtete Monsignore Ferris und sah, daß der Geistliche ein gütiges Gesicht hatte. Sicher konnte sie ihm vertrauen. Er würde ein gutes Zuhause für das Baby finden.

Wo ist mein Baby jetzt? fragte Sondra sich verzweifelt. Seit gestern stand sie Höllenqualen aus. Gleich nach ihrer Ankunft im Hotel hatte sie im Pfarrhaus angerufen, sich als Reporterin ausgegeben, und behauptet, sie recherchiere die Geschichte eines Babys, das am 3. Dezember vor sieben Jahren vor dem Pfarrhaus ausgesetzt worden sei.

Der erstaunte Tonfall der Sekretärin bestätigte ihre schlimmsten Vermutungen: »Ein Baby auf der Treppe von St. Clement? Ich glaube, Sie irren sich. Ich bin jetzt seit zwanzig Jahren hier, und in dieser Zeit ist nichts derartiges vorgefallen.«

Das Taxi bog in den Central Park South ein. Früher habe ich mir ausgemalt, daß die Leute, die das Baby adoptiert haben, es im Kinderwagen hier am Park entlang spazierenschieben, überlegte Sondra. Hier, wo es die Pferde und Kutschen sehen kann.

Gestern am späten Nachmittag war sie in die öffentliche Bibiliothek gegangen und hatte auf Mikrofilm die Ausgaben sämtlicher New Yorker Zeitungen vom 4. Dezember vor sieben Jahren durchgelesen. St. Clement wurde nur im Zusammenhang mit einem Diebstahl erwähnt: Der Kelch von Bischof Santori, des Gründers der Kirche, zu dem viele Gläubige beteten, war entwendet worden.

Deshalb war die Polizei wahrscheinlich in jener Nacht dort gewesen; deshalb war der Monsignore nicht zu sprechen, als ich anrief, dachte Sondra, und ihre Angst wuchs. Und ich habe geglaubt, die Polizei sei wegen des Babys gekommen.

Wer hatte das Baby dann mitgenommen? Sie hatte es in eine Papiertüte gesteckt, um es zu wärmen. Vielleicht hatten Jugendliche den Kinderwagen ein Stück weitergeschoben und stehengelassen, ohne das Kind überhaupt zu bemerken. War das Baby etwa erfroren?

Ich komme ins Gefängnis, schoß es Sondra durch den Kopf. Großvater würde es das Herz brechen. Schließlich erzählt er mir ständig, die Opfer, die er in all den Jahren für mich gebracht hat, hätten sich nun bezahlt gemacht. Ich habe den Durchbruch geschafft, und er ist so stolz auf mich, weil ich am 23. Dezember in einem Konzert in der Carnegie Hall auftreten werde. Das hat er sich immer erträumt, erst für sich selbst und später für mich.

In dieser Wohltätigkeitsveranstaltung mit hochkarätiger Besetzung würden die New Yorker Kritiker sie zum erstenmal spielen hören. Yo-Yo Ma, Plácido Domingo, Kathleen Battle, Emanuel Ax und die hochbegabte junge Geigerin Sondra Lewis waren die Hauptattraktionen des Abends. Sie konnte es noch immer kaum fassen.

»Wir sind da, Miss«, sagte der Taxifahrer leicht gereizt. Sondra zuckte zusammen. Wahrscheinlich war sein Tonfall so ungeduldig, weil er diese Feststellung zum zweitenmal machte.

»Ach, tut mir leid.« Der Fahrpreis betrug 3,40 Dollar. Sie kramte einen Fünf-Dollar-Schein aus ihrer Geldbörse. »Der Rest ist für Sie.« Sie öffnete die Tür und wollte aussteigen.

»Ich glaube nicht, daß Sie mir fünfundvierzig Dollar Trinkgeld geben möchten, Miss.«

Sondra betrachtete den Fünfzig-Dollar-Schein, den der Taxifahrer ihr hinhielt. »Oh, vielen Dank«, stammelte sie.

»Sie müssen besser aufpassen, Miss. Ihr Glück, daß ich hübsche junge Damen nicht übers Ohr haue.«

Sondra nahm den Fünfziger entgegen und und gab dem Taxifahrer einen Fünfer. Schade, daß du nicht da warst, als ich mein Baby gegen die Anerkennung meines Großvaters und eine Karriere eingetauscht habe, dachte sie.

5

Alvirah und Willy stiegen in den zweiten Stock des Hauses in der Amsterdam Avenue hinauf. Früher hatte das Gebäude das Möbelgeschäft Goldsmith und Söhne beherbergt, heute war hier Schwester Cordelias Secondhand-Laden untergebracht.

Es war vier Uhr. Die Kinder, die täglich nach der Schule in die Tagesstätte kamen, saßen im Schneidersitz auf dem Boden um Schwester Maeve Marie herum. Der große Raum war in freundlichen hellen Farben eingerichtet und in einen provisorischen Theatersaal verwandelt worden; der ausgeblichene Linoleumbelag war spiegelblank poliert, und die Holzdielen schimmerten.

Die Wände waren sonnengelb gestrichen und mit den Bildern und Bastelarbeiten der Kinder geschmückt. Die alten Heizkörper gurgelten und gluckten, doch dank Willy und seiner ans Unheimliche grenzenden Fähigkeit, auch hoffnungslos defekte Geräte zu reparieren, verbreiteten sie eine angenehme Wärme.

»Heute ist ein besonderer Tag«, sagte Schwester Maeve Marie. »Wir fangen mit den Proben für das Krippenspiel an.«

Willy und Alvirah setzten sich leise auf Plätze neben der Treppe und sahen interessiert zu. Alvirah, die regelmäßig in der Tagesstätte aushalf, war für das Fest nach dem Krippenspiel zuständig. Willy würde den Nikolaus spielen.

»Ist es nicht schön, daß Cordelia und Maeve dafür sorgen, daß jedes Kind eine Sprechrolle bekommt?« flüsterte Alvirah.

»Jedes Kind? Hoffentlich ist es eine kurze Sprechrolle«, entgegnete Willy.

Alvirah schmunzelte. »Das meinst du doch nicht so.«

»Wollen wir wetten?«

»Pssst.« Sie tätschelte seine Hand, während Schwester Maeve Marie die Namen der Kinder vorlas, die die Geschichte des jüdischen Tempelweihefestes von Chanukka erzählen würden. »Rachel, Barry, Sheila … «

Cordelia kam herein und erkannte mit geübtem Auge sofort, daß gleich eine Rauferei ausbrechen würde. Sie ging zu dem lebhaften, siebenjährigen Jerry hinüber, der gerade den Sechsjährigen neben sich knuffte.

Schwester Cordelia tippte ihm auf die Schulter. »Wenn du so weitermachst, suche ich mir einen anderen heiligen Joseph«, ermahnte sie ihn, wandte sich um und setzte sich zu Alvirah und Willy. »Als ich zurückkam, habe ich wieder eine Nachricht von Pablo Torres vorgefunden«, sagte sie. »Er wird sich für uns einsetzen, und ich glaube, daß er wirklich sein Bestes tut. Allerdings ist eine Verlängerung der Genehmigung in diesem Gebäude auf keinen Fall möglich. Ich denke, er war genauso froh wie ich, als ich ihm von Bessies Haus erzählte. Er kennt die Straße und meint, er sei sicher, daß ein Umzug der Tagesstätte dorthin kein Problem sein wird. Wir könnten sogar noch mehr Kinder aufnehmen.«

Eine der Helferinnen aus dem Kleiderladen kam die Treppe hinaufgestürzt. »Schwester, Kate Durkin ist am Telefon und will mit Ihnen reden. Beeilen Sie sich, sie weint ganz entsetzlich.«

6

Nichts erinnerte mehr an das Festessen, an dem sie sich noch vor wenigen Stunden gelabt hatten. Willy, Alvirah, Monsignore Ferris und Schwester Cordelia saßen wieder bei Kate am Tisch. Die Gastgeberin schluchzte leise vor sich hin.

»Ich habe vor einer Stunde mit den Bakers gesprochen«, sagte sie, »und ihnen mitgeteilt, daß ich das Haus der Kindertagesstätte stiften werde und ihren Mietvertrag deshalb nicht verlängern kann.«

»Und sie haben dir tatsächlich ein neues Testament vorgelegt?« fragte Willy ungläubig.

»Ja. Sie behaupten, Bessie habe ihre Meinung geändert und sei plötzlich dagegen gewesen, daß eine Horde Kinder das Haus verwüstet. Und die Reparaturen und Malerarbeiten, die Vic erledigt hat, hätten ihr gezeigt, daß die Bakers das Haus im ursprünglichen Zustand erhalten würden, wie es eigentlich ihr Wunsch sei. Ihr wißt ja, wieviel ihr an dem Haus lag.«

Sie hat sogar den Richter geheiratet, um es zu

bekommen, dachte Alvirah spöttisch. »Wann hat sie das Testament unterschrieben?«

»Erst vor ein paar Tagen. Am 30. November.«

»Das erste Testament hat sie mir gezeigt, als ich sie am 27. November besuchte«, sagte Monsignore Ferris. »Ich hatte den Eindruck, sie sei damit zufrieden. An diesem Tag hat sie mich auch gebeten, dafür zu sorgen, daß Kate nach der Übergabe an die Tagesstätte in der Wohnung bleiben kann.«

»Laut dem neuen Testament hinterläßt Bessie mir ein Einkommen. Außerdem darf ich mietfrei die Wohnung im Haus der Bakers bewohnen. Als ob ich mit diesen Leuten unter einem Dach leben wollte!« Tränen liefen Kate die Wangen hinab. »Ich fasse es nicht, daß Bessie mir so etwas antun konnte. Dieses Haus wildfremden Menschen zu hinterlassen! Sie wußte, daß ich die Bakers nicht leiden kann. Und eine andere Wohnung zu finden, ist unmöglich. Ihr kennt ja die Mieten in Manhattan.«

Kate hat Angst. Sie ist wütend und gekränkt, dachte Alvirah. Aber was noch schlimmer ist ... Sie blickte quer über den Tisch, und zum erstenmal fand sie, daß man Cordelia ihr Alter ansah.

»Cordelia, wir lassen uns etwas einfallen, damit die Kindertagesstätte nicht aufgegeben werden muß. Das verspreche ich dir«, sagte sie, nachdem sie den Blick ihrer Schwägerin aufgefangen hatte.

Cordelia schüttelte den Kopf. »In knapp vier Wochen schaffen wir das nicht. Außer es geschieht ein Wunder.«

Monsignore Ferris studierte sorgfältig die Kopie des Testaments, die Vic Baker Kate vorgelegt hatte.

»Soweit ich es beurteilen kann, ist es echt«, stellte er fest. »Es ist Bessies Briefpapier, und wir alle wissen, daß sie gut Maschineschreiben konnte. Außerdem handelt es sich eindeutig um ihre Unterschrift. Sehen Sie es sich selbst an, Alvirah.«

Alvirah überflog die anderthalb Seiten und las das ganze dann noch einmal gründlich durch. »Es klingt auch nach Bessie«, räumte sie ein. »Hör mal zu, Willy: ›Ein Haus ist wie ein Kind, und wenn das Ende naht, ist es wichtig, es den Menschen anzuvertrauen, die es am besten versorgen können. Das Wissen, daß die tägliche Anwesenheit kleiner Kinder das Äußere und den ursprünglichen Charakter dieses Anwesens, für das ich soviel geopfert habe, verändern könnten, ist mir unerträglich.‹«

»Meint sie mit ›geopfert‹ ihre Ehe mit Richter Maher?« fragte Willy. »Er war doch ein netter Kerl.«

Alvirah zuckte die Achseln und las weiter. »›Deshalb hinterlasse ich mein Haus Victor und Linda Baker, die es in Ehren halten werden, wie es seinem großzügigen Stil entspricht.‹«

»Da lachen ja die Hühner!« schnaubte sie und legte das Testament weg. »Was könnte großzügiger sein, als Kindern zu helfen?« Sie wandte sich an den Monsignore. »Wer war Zeuge, als dieser elende Wisch unterschrieben wurde?«

»Zwei Freunde der Bakers«, erwiderte Monsignore Ferris. »Natürlich werden wir einen Anwalt zu Rate ziehen, um festzustellen, ob man noch etwas unternehmen kann. Doch ich fürchte, an dem Testament läßt sich nicht rütteln.«

Willy musterte Alvirah nachdenklich. »In deinem Gehirn rattert es, Liebling, das merke ich ganz genau«, sagte er.

»Da kannst du Gift drauf nehmen«, entgegnete Alvirah und stellte das in ihrer Brosche versteckte Mikrophon ein. »Das Testament liest sich zwar zum Großteil so, als hätte Bessie es geschrieben, aber hast du sie je die Worte ›ursprünglicher Charakter‹ benutzen hören, Kate?«

»Nein, ich glaube nicht«, antwortete Kate zögernd.

»Wie hat sie sich denn ausgedrückt, wenn sie von dem Haus sprach?« fragte Alvirah, fest entschlossen, das neue Testament auf Herz und Nieren zu prüfen.

»Ach, du kanntest Bessie ja. Sie prahlte, man könne ein Sieben-Gänge-Menü vom Fußboden essen.«

»Genau«, sagte Alvirah. »Ich weiß, daß uns das nicht weiterbringt, aber ich bin felsenfest davon überzeugt, daß dieses Testament gefälscht ist. Kate, Cordelia, falls es möglich ist, das zu beweisen, werde ich es tun. Das verspreche ich euch. Ihr könnt euch auf mich verlassen.«

7

Schwester Maeve Marie war in der Tagesstätte geblieben, um mit den Kindern das Krippenspiel zu proben. Allerdings drehten sich ihre Gedanken weiterhin um die Frage, warum Schwester Cordelia, Willy und Alvirah so überstürzt zu Kate Durkin gefahren waren.

»Es ist etwas passiert, und jetzt ist Kate außer sich.« Mehr hatte Cordelia ihr vor dem hastigen Aufbruch nicht verraten.

War Kate etwa ausgeraubt oder überfallen worden? überlegte Schwester Maeve Marie. Sie wußte, daß Einbrecher häufig die Todesanzeigen in der Zeitung lasen und in das Haus des Verstorbenen eindrangen, während die Angehörigen bei der Beerdigung waren. Da Schwester Maeve Marie früher bei der Polizei gewesen war und auch ihre vier Brüder diesen Beruf ausübten, dachte sie immer zuerst an Verbrechen.

Jedes Kind in der Tagesstätte hatte eine Rolle im Krippenspiel und den Auftrag erhalten, den Text auswendig zu lernen. Die Chanukka-Geschichte und das dazugehörige Lied sollten vor dem Krippenspiel vorgetragen werden.

Darauf würde die Szene folgen, in der der Erlaß von Kaiser Augustus verlesen wurde, daß sich jeder Bürger wegen einer Volkszählung in das Dorf seiner Geburt begeben müsse.

Cordelia und Alvirah hatten das Stück selbst geschrieben, und Maeve Marie hatte sie sehr dafür gelobt, daß diese erste Szene so viele Sprechrollen enthielt. Die Kinder hatten großen Spaß daran. Außerdem war der Text eingängig und leicht zu merken.

»Aber das Dorf meines Vaters ist so weit weg.«

»Die Reise ist sehr weit, und ich habe niemanden, der sich um meine Kinder kümmert.«

»Wir müssen jemanden finden, denn das Wichtigste ist, daß unsere Kinder gut beaufsichtigt werden.«

Wie Cordelia zugab, hatte sie sich bei den Dialogen einige dichterische Freiheiten erlaubt. Doch sie wollte die Mitarbeiter der Baubehörde zur Vorstellung einladen und ihnen eine eindeutige Botschaft vermitteln: *Nichts ist wichtiger, als daß unsere Kinder gut aufgehoben sind.*

Nur den Kindern, die die heiligen drei Könige, die Jungfrau Maria und den heiligen Joseph spielten, waren nicht einfach wahllos Textzeilen zugeteilt worden. Es handelte sich um die besten Sänger in der Gruppe, die in der Stallszene ein Lied anstimmen sollten.

Jerry Nuñez, der schlimmste Rabauke unter den Jüngeren, würde den Joseph darstellen, und Stellina Centino, eine Siebenjährige, die einen seltsam feierlichen Ernst ausstrahlte, spielte die Maria.

Stellina und Jerry wohnten in derselben Straße. Jerrys Mutter holte die beiden jeden Abend ab. »Stellinas Mama ist nach Kalifornien abgehauen, als die Kleine noch ein Baby war«, hatte Mrs. Nuñez den Nonnen erklärt. »Und ihr Vater ist viel unterwegs. Ihre Großtante Lilly hat sie aufgezogen, doch in letzter Zeit war die arme Lilly häufig krank. Und Sie können sich nicht vorstellen, welche Sorgen sie sich um Stellina macht. ›Gracie, ich bin jetzt zweiundachtzig‹, sagt sie immer. ›Und ich muß noch zehn Jahre leben, bis das Kind erwachsen ist. Darum bete ich.‹«

»Stellina ist so ein hübsches Mädchen«, dachte Maeve, während sie die Kinder für die letzte Szene aufstellte. Die dunkelblonden, langen Locken des Mädchens wurden im Nacken von einer Spange zusammengehalten. Große, dunkle Augen mit dichten, schwarzen Wimpern strahlten aus einem Gesicht, dessen Haut so glatt war wie Porzellan.

Jerry, der sich einfach nicht ruhighalten konnte, streckte einem der Schäfer die Zunge heraus. Bevor Schwester Maeve Marie Gelegenheit hatte, ihn zurechtzuweisen, sagte Stellina: »Jerry, wenn du der heilige Joseph bist, mußt du sehr brav sein.«

»Okay«, stimmte Jerry sofort zu und nahm eine starre, fast übertrieben würdevolle Haltung ein.

»Der Engelschor fängt an zu singen, die Schäfer sehen die Engel und hören zu, und du, Tommy, zeigst auf sie und ... Was sagst du dann?« fragte Schwester Maeve Marie.

»Guten Abend«, schlug der sechsjährige Tommy vor.

Schwester Maeve Marie mußte ein Lächeln unterdrücken und dachte daran, wie ihre großen Brüder sie als Kind dazu angestiftet hatten, das Vaterunser zu verballhornen. Tommy hatte auch einen großen Bruder, der ein ausgesprochener Schlaumeier war. Bestimmt hatte er Tommy diesen Unsinn beigebracht. »Tommy, du mußt den Text richtig aufsagen. Wenn du weiter herumalberst, darfst du nicht den obersten Schäfer spielen«, ermahnte sie den Jungen streng.

Um sechs war die Probe zu Ende. Nicht schlecht fürs erstemal, befand Maeve Marie und lobte die Kinder für ihre Leistung. Und das beste daran war, daß es den Kleinen offensichtlich Spaß machte.

Obwohl es auch ihr Freude bereitet hatte, den Kindern beim Proben zuzusehen, wurde sie ihre Sorge einfach nicht los, und sie hatte das unbestimmte Gefühl, daß etwas nicht in Ordnung war. *Wo steckte Cordelia, und was war geschehen?*

Während Maeve den Kindern half, ihre Jacken, Fäustlinge und Schals zu finden, fiel ihr auf, daß Stellina ihre schicke, dunkelblaue Winterjacke ordentlich aufgehängt hatte. Das kleine Mädchen hatte ihr voller Stolz erklärt, ihre Nonna habe die Jacke selbst genäht.

Um halb sieben waren alle Kinder bis auf Jerry und Stellina von ihren Eltern oder älteren Geschwistern abgeholt worden. Um viertel vor sieben ging Schwester Maeve Marie mit den beiden hinunter in den inzwischen geschlossenen Kleiderladen. Fünf Minuten später traf Gracie Nuñez atemlos ein.

»Meine Chefin«, stöhnte sie und verdrehte die Augen. »Wir mußten noch ein paar Röcke fertigkriegen, und zwei der Mädchen sind nicht zur Arbeit erschienen. Wenn ich gesagt hätte, daß ich Kinder habe, um die ich mich kümmern muß, hätte ich meinen Job riskiert. Gott segne Sie, Schwester. Sie können sich ja gar nicht vorstellen, wieviel es mir bedeutet, daß die Kinder bei Ihnen gut aufgehoben sind. Jerry, sag gute Nacht zu Schwester Maeve und bedanke dich.«

Stellina hatte diese Ermahnung nicht nötig. »Gute Nacht, Schwester«, meinte sie leise. »Und vielen Dank.« Dann lächelte sie, was bei ihr selten vorkam. »Nonna ist so glücklich, daß ich die Muttergottes spielen darf«, fügte sie hinzu. »Jeden Abend hört sie mich meinen Text ab und nennt mich dabei Madonna.«

Maeve schloß die Tür hinter ihnen ab und löschte das Licht. Cordelia war entweder noch bei Kate Durkin oder stattete auf dem Heimweg ein paar alten Damen einen Besuch ab. Maeve stieß einen Seufzer aus. Ihr graute schon vor der Nachricht, die sie zu Hause wahrscheinlich zu hören bekommen würde.

Während sie ihren Mantel anzog, klopfte es ans Schaufenster. Als sie sich umdrehte, sah sie einen Mann Anfang Vierzig, dessen Gesicht von der Straßenlaterne beleuchtet wurde. Schwester Maeve, ganz Ex-Polizistin, musterte ihn argwöhnisch.

»Schwester, ist meine kleine Tochter noch da? Stellina Centino«, rief er.

Stellinas Vater! Rasch öffnete Maeve die Tür. Mit geübtem Blick taxierte sie den mageren Mann. Er sah zwar recht gut aus, machte aber einen schmierigen Eindruck und erweckte sofort ihr Mißtrauen. »Tut mir leid, Mr. Centino«, sagte sie kühl. »Wir haben Sie nicht erwartet. Stellina ist wie immer mit Mrs. Nuñez nach Hause gegangen.«

»Ach ja, schon gut«, erwiderte Lenny Centino. »Hab ich vergessen. Ich bin beruflich oft verreist. Okay, Schwester, dann also bis nächste Woche. Ich werde sie von nun an hin und wieder abholen. Mit Star essen und vielleicht ins Kino gehen, um ihr eine Freude zu machen. Sie ist ein richtig hübsches Mädchen geworden.«

»Sie können stolz auf sie sein. Sie ist in jeglicher Hinsicht ein wunderbares Kind«, entgegnete Schwester Maeve Marie knapp. Sie stand in der Tür und blickte ihm nach. Irgend etwas war mit diesem Mann nicht in Ordnung.

Immer noch in Sorge um Schwester Cordelia machte sie ihre letzte Runde, schaltete die Alarmanlage ein und ging durch das Schneetreiben nach Hause. Ein Sturm kam auf.

Schwester Cordelia saß mit Schwester Bernadette und Schwester Catherine zusammen, zwei alten Nonnen, die schon im Ruhestand waren und die Wohnung mit ihr teilten. »Maeve, ich bin völlig erschöpft«, sagte Cordelia und erzählte von Bessie Durkin Mahers überraschend aufgetauchtem Testament.

Maeve, die sofort mißtrauisch wurde, stellte einige Fragen zu dem Dokument. »Weist abgesehen von dem Wort ›ursprünglich‹ sonst noch etwas auf eine Fälschung hin?«

Cordelia lächelte müde. »Nur Alvirahs sechster Sinn«, antwortete sie.

Schwester Bernadette, die bald ihren neunzigsten Geburtstag feiern würde, hatte in einem Sessel vor sich hingedöst. »Alvirahs sechster Sinn und etwas, das der Herr uns gesagt hat, Cordelia«, mischte sie sich nun in das Gespräch ein. »Ihr alle wißt, was ich meine.«

Sie lächelte, als sie die verdatterten Mienen ihrer Mitschwestern sah. »›Lasset die Kindlein zu mir kommen‹. Ich glaube nicht, daß Bessie das vergessen hat, auch wenn sie noch so stolz auf ihr Haus war.«

8

Stellina bewahrte den Wohnungsschlüssel in einer mit einem Reißverschluß versehenen Tasche ihrer Jacke auf. Nonna hatte ihr den Schlüssel gegeben und ihr das Versprechen abgenommen, niemandem davon zu erzählen. Inzwischen schloß Stellina die Tür immer selbst auf, damit Nonna, die sich in letzter Zeit öfter hinlegte, nicht eigens aufstehen mußte.

Früher, wenn Stellina aus der Schule kam, hatte Nonna immer in dem kleinen Zimmer genäht, in dem Daddy schlief, falls er zu Hause war. Sie hatten zusammen Milch getrunken und Plätzchen gegessen. Und wenn Nonna Kleider ausliefern oder bei einer Kundin Maß nehmen mußte, hatte Stellina sie begleitet und ihr beim Tragen der Taschen und Kartons geholfen.

In letzter Zeit jedoch mußte Nonna häufig zum Arzt, und deshalb hatte Mrs. Nuñez vorgeschlagen, daß Stellina nach dem Unterricht die Kindertagesstätte besuchen sollte.

Manchmal, wenn Nonna sich wohlfühlte, stand sie abends in der Küche. Die Wohnung roch dann köstlich nach Spaghettisauce. Heute aber lag Nonna mit geschlossenen Augen im Bett. Allerdings war Stella sicher, daß sie nicht schlief, denn ihre Lippen bewegten sich. Wahrscheinlich betet sie, dachte Stellina. Nonna betete viel.

Stellina küßte sie auf die Wange. »Nonna, ich bin wieder da.«

Seufzend schlug Nonna die Augen auf. »Ich habe mir solche Sorgen gemacht. Dein Papa ist nach Hause gekommen. Er sagte, er wollte dich abholen und dich ausführen. Aber mir gefällt das nicht. Wenn er dich abholen kommt, dann sag, Nonna möchte, daß du mit Mrs. Nuñez nach Hause gehst.«

»Daddy ist da?« fragte Stellina. Sie versuchte, sich ihren Widerwillen nicht anmerken zu lassen. Nicht einmal Nonna konnte sie gestehen, wie schade sie es fand, daß er wieder aufgetaucht war. Aber es stimmte. Wenn Daddy zu Hause war, stritten er und Nonna die ganze Zeit. Und Stellina ging auch nicht gerne mit ihm aus, denn manchmal besuchten sie Leute, mit denen er sich ebenfalls stritt. Hin und wieder gaben die Leute ihm Geld, und er beschwerte sich darüber, daß es zu wenig war. Meistens sagte er, das, was er ihnen gebracht habe, sei viel mehr wert.

Nonna stützte sich auf den Ellenbogen und stand langsam auf. »Sicher hast du Hunger, *cara*. Komm, ich mache dir etwas zu essen.«

Stellina streckte den Arm aus, um Nonna zu stützen.

»Du bist ein liebes Mädchen«, murmelte Nonna auf dem Weg in die Küche.

Stellina hatte tatsächlich Hunger, und Nonnas Spaghetti waren einfach ein Gedicht. Doch sie brachte aus Angst um ihre Großtante kaum einen Bissen herunter. Nonna wirkte besorgt, und sie atmete schwer, als ob sie gelaufen wäre.

Das Geräusch des Schlüssels im Schloß sagte ihnen, daß Daddy zu Hause war. Nonna runzelte die Stirn, und Stellinas Mund wurde ganz trocken, denn sie ahnte, daß es gleich wieder zu einer Auseinandersetzung kommen würde.

Lenny betrat die Küche, eilte auf Stellina zu und hob sie hoch. Nachdem er sie herumgewirbelt und geküßt hatte, meinte er: »Star, mein Kind. Ich habe dich vermißt.«

Stellina versuchte, sich loszureißen. Er tat ihr weh.

»Laß sie runter, du Rabauke!« rief Nonna. »Und dann verschwinde! Komm nie mehr wieder! Ich will dich hier nicht sehen! Hau ab! Laß uns in Ruhe!«

Anders als sonst wurde Lenny nicht wütend. Er lächelte nur. »Tante Lilly, vielleicht verschwinde ich wirklich für immer. Doch in diesem Fall nehme ich Star mit. Das kannst weder du noch sonst jemand verhindern. Vergiß nicht, ich bin ihr Vater.«

Mit diesen Worten drehte er sich um, stürmte hinaus und knallte die Tür hinter sich zu. Stellina bemerkte, daß Nonna zitterte. Schweißperlen standen ihr auf der Stirn. »Nonna, Nonna, hab keine Angst«, sagte sie. »Er wird mich nicht mitnehmen.«

Nonna brach in Tränen aus. »Stellina«, erwiderte sie, »falls ich je krank werde und nicht mehr bei dir sein kann, darfst du nie mit deinem Daddy mitgehen. Ich werde Mrs. Nuñez bitten, sich um dich zu kümmern. Aber versprich mir, daß du dich von deinem Vater fernhältst. Er ist ein schlechter Mensch, der ständig in Schwierigkeiten steckt.«

Während Stellina versuchte, ihre Großtante zu trösten, hörte sie sie flüstern: »Aber er ist der Vater, der Erziehungsberechtigte. Lieber Gott, was soll ich bloß tun?«

Stellina fragte sich, warum ihre Nonna wohl weinte.

9

Wie immer, wenn sie über der Aufklärung eines möglichen Verbrechens brütete, blieb Alvirah der Schlaf der Gerechten versagt. Nach den Elf-Uhr-Nachrichten, die Willy und sie sich im Bett angesehen hatten, hatten sie das Licht gelöscht. Doch Alvirah war unruhig. Die nächsten sechs Stunden döste sie vor sich hin und wurde von seltsamen, beängstigenden Träumen gepeinigt. Und dann war sie auf einen Schlag hellwach.

Um halb sechs beschloß sie endlich, Mitleid mit Willy zu haben, der im Halbschlaf immer wieder »Ist alles in Ordnung, Schatz?« murmelte. Sie stand auf, schlüpfte in ihren alten Lieblingsmorgenmantel aus Chenille und steckte sich die Brosche mit dem winzigen Mikrophon an. Dann griff sie zu einem Stift und dem Ringbuch, in dem sie die Ergebnisse der laufenden Ermittlungen festhielt. Nachdem sie sich eine Tasse Tee gemacht hatte, ließ sich sich an dem kleinen Eßtisch nieder, von dem aus man den Central Park sehen konnte. Sie schaltete das Mikrophon in ihrer Brosche ein und begann, laut zu denken.

»Es wäre Bessie durchaus zuzutrauen, daß sie ihr Haus Leuten vermacht, die es nach ihren Vorstellungen instandhalten. Schließlich hat sie wegen des Kastens immer ein solches Theater veranstaltet, daß sie uns allen damit auf die Nerven ging. Außerdem hat sie ihre Schwester ja nicht auf die Straße gesetzt. Sie hat dafür gesorgt, daß Kate die obere Wohnung bekommt, in die sie ohnehin einziehen wollte, nachdem sie das Haus der Kindertagesstätte gestiftet hat.«

Ohne es zu bemerken, schob Alvirah trotzig das Kinn vor, als sie weitersprach. »Bessie war, soweit ich mich erinnere, nie eine große Kinderfreundin. Ich weiß noch, wie sie einmal gefragt wurde, ob sie es nicht bedauere, keine Familie zu haben. Ihre Antwort lautete: ›Leute mit Kindern und Leute ohne bemitleiden einander ständig.‹«

Kurz hielt Alvirah inne und dachte daran, wie gerne Willy und sie eine Familie gegründet hätten. Inzwischen wären ihre Enkel etwa im Alter der Kinder gewesen, die sie gestern in der Tagesstätte gesehen hatten. Sie schüttelte den Kopf. Nun, es sollte eben nicht sein, ermahnte sie sich.

»Nehmen wir also an«, fuhr sie fort, »daß Bessie den Gedanken nicht ertragen konnte, daß Kinder durch ihr geliebtes Haus tollen, Fingerabdrücke an den Wänden hinterlassen und die Holztäfelungen zerkratzen. Und auch nicht die Vorstellung, daß die

Möbel, die sie fünfzig Jahre lang poliert hat, Kindersachen und Spielzeug weichen müssen.«

Alvirah beschloß, das Mikrophon zu testen, drückte nacheinander auf STOP, REWIND und PLAY und hörte sich ein Stück des Bandes an.

Es funktioniert, stellte sie erleichtert fest, und ich klinge, als redete ich mich allmählich in Rage. Nun, ich bin auch wütend!

Sie räusperte sich und fuhr entrüstet mit ihren Überlegungen fort. »Also ist der einzige Punkt, der darauf hinweist, daß das neue Testament gefälscht sein könnte, das Wort ›ursprünglich‹, das Bessie nie und nimmer verwendet hätte.«

Sie nahm ihren Stift und blätterte zur nächsten leeren Seite ihres Notizbuches um, die auf die Abhandlung zu dem Thema »Der Todesfall Trinky Callahan« folgte. Unter der Überschrift »Das Rätsel um Bessies Testament« hielt sie ihr erstes Ermittlungsergebnis fest: »Benutzung des Wortes ›ursprünglich‹«.

Alvirah schrieb rasch weiter. Die Zeugen: Namen und Hintergründe. Das Datum: Das Testament war am 30. November unterzeichnet worden. Hatte Kate die Zeugen kennengelernt? Was hatte sie sich gedacht, als sie plötzlich vor der Tür standen und Bessie sprechen wollten?

Und jetzt benutze ich meine kleinen grauen Zellen, dachte Alvirah. Vor kurzem hatte sie die Hercule-Poirot-Romane von Agatha Christie gelesen. Und wenn sie an der Aufklärung eines Verbrechens arbeitete, versuchte sie, sich an Poirots Methode des logischen Schlußfolgerns zu halten.

Nachdem Alvirah die letzte Eintragung gemacht und sich einen Plan zurechtgelegt hatte, sah sie auf die Uhr: halb acht. Zeit, das Notizbuch zuzuklappen und das Mikrophon abzuschalten, beschloß sie. Bald würde Willy aufwachen, und bis dahin mußte das Frühstück fertig sein.

Irgendwann heute muß ich unter vier Augen mit Kate sprechen und meine Fragen mit ihr durchgehen, überlegte sie.

Plötzlich fiel ihr noch etwas ein, und sie schaltete das Mikrophon wieder an. Seit sie nach ihrem Lottogewinn den ersten Artikel für den *New York Globe* über ihren Aufenthalt im Kurort Cypress Point geschrieben hatte, waren der Redakteur Charley Evans und sie dicke Freunde geworden. Bestimmt konnte er für sie etwas über Vic und Linda Baker in Erfahrung bringen. »Die grauen Zellen sind jetzt wach!« rief sie aus. »Jetzt müssen die Reporter des *Globe* rauskriegen, ob die Bakers irgendwelche Leichen im Keller haben. Ich wette, es ist nicht das erstemal, daß dieses Betrügerpärchen jemanden über den Tisch zieht.«

Normalerweise fanden sich nur etwa dreißig Gläubige zur Sieben-Uhr-Messe in St. Clement ein, meist ältere Gemeindemitglieder und Rentner. In der Adventszeit jedoch verdoppelte sich die Anzahl der Gottesdienstbesucher. In seiner kurzen Predigt sprach

Monsignore Ferris vom Advent als einer Zeit des Wartens. »In diesen Wochen erwarten wir die Geburt des Erlösers«, sagte er. »Wir erwarten den Augenblick, als Maria in Bethlehem ihren kleinen Sohn zum erstenmal ansah.«

Als er ein leises Aufschluchzen hörte, wanderte sein Blick zu der Sitzreihe neben dem Portrait von Bischof Santori. Die hübsche junge Frau, die ihm schon öfter auf der Straße gegenüber dem Pfarrhaus aufgefallen war, saß in der Bank. Sie hatte das Gesicht in den Händen vergraben, und ihre Schultern zuckten. Ich muß dafür sorgen, daß sie mit mir redet, dachte er. Doch dann sah er, daß sie in ihre Handtasche griff, eine dunkle Brille herausholte, sie aufsetzte und den Gang entlang und zur Tür hinaus schlüpfte.

Um halb zehn begann Kate Durkin die Sachen im Zimmer ihrer verstorbenen Schwester zu sortieren. Es wäre Verschwendung gewesen, Bessies Kleider im Schrank hängen zu lassen, solange so viele Menschen nichts zum Anziehen hatten.

Das Himmelbett, das Bessie acht Jahre lang mit Richter Aloysius Maher geteilt und in dem sie das Zeitliche gesegnet hatte, stand in stummem Tadel da, als Kate Kleider und Jacken aus dem Schrank nahm. Einige Kleidungsstücke waren mindestens zwanzig Jahre alt. Bessie sagte immer, es wäre Unsinn, sie wegzugeben, da ich sie eines Tages vielleicht brauchen könnte, ging es Kate durch den Kopf. Aber offenbar hat sie dabei übersehen, daß ich mindestens zehn Zentimeter wachsen müßte, damit sie mir passen. Ein Wunder, daß sie das Zeug nicht auch Linda Baker vermacht hat, dachte sie bitter.

Als Kate die unerwarteten Enthüllungen des gestrigen Tages und das überraschend aufgetauchte Testament einfielen, stiegen ihr Tränen in die Augen. Ungeduldig wischte sie sie weg, und dabei sah sie Bessies Schreibtisch mit der Schreibmaschine. Irgend etwas war doch damit, etwas, an das sie sich eigentlich hätte erinnern müssen, aber was?

Allerdings blieb ihr keine Zeit zu überlegen, was ihr Unterbewußtsein ihr hatte sagen wollen, denn sie hörte hinter sich ein Geräusch. Als sie sich umdrehte, sah sie Vic und Linda in der Tür stehen.

»Ach, Kate«, flötete Linda zuckersüß. »Wie nett, daß Sie für uns Bessies Zimmer ausräumen.«

Es läutete an der Eingangstür. »Ich mache auf«, verkündete Vic Baker.

Noch gehört das Haus nicht euch, dachte Kate und folgte ihm rasch die Treppe hinunter.

Zu Kates Freude stand Alvirah auf der Vortreppe und fragte: »Befindet sich Kate Durkin, die Hausherrin, irgendwo in diesem im ursprünglichen Charakter erhaltenen Anwesen?«

10

Um Mitternacht kam Lenny nach Hause, schlich auf Zehenspitzen in sein Zimmer – Lilly hatte den Großteil ihrer Schneiderarbeiten weggeräumt – und legte sich ins Bett.

Als er am nächsten Morgen um neun aufwachte, hörte er zu seiner Überraschung Stimmen im Nebenzimmer. Doch dann fiel ihm ein, daß heute Samstag war. Star hatte schulfrei.

Außerdem bedeutete es, daß Tante Lilly noch im Bett lag, denn sonst wäre sie ja in die Messe gegangen. Seit ihrem schweren Sturz im letzten Sommer war sie nicht mehr die alte. Sie versuchte zwar, ihm weiszumachen, daß sie sich wohlfühlte, aber er hatte ein Gespräch mit einer Nachbarin belauscht: Der Arzt vermutete, daß es sich bei der Ohnmacht um einen leichten Schlaganfall gehandelt habe. Doch ganz gleich, was der Grund war, sie hatte sich seit seinem letzten Besuch im September stark verändert.

Er hatte ihr erzählt, er sei in Florida gewesen und habe dort für einen Lieferservice gearbeitet. Sie hatte sich gefreut, daß er einer regelmäßigen Arbeit nachging. Um Stellina brauche er sich keine Sorgen zu machen. Das könnte ihr so passen, dachte er. Tante Lilly wäre es am liebsten, wenn ich für immer verschwinden würde.

Nun, zum Teil war das mit seinem Job nicht einmal gelogen gewesen, überlegte er, während er sich eine Zigarette anzündete. Ich habe wirklich Waren ausgeliefert, und zwar kleine Päckchen, die die Leute glücklich machen. Doch allmählich war ihm der Boden zu heiß unter den Füßen geworden. Deshalb hatte er beschlossen, nach New York zurückzukehren, ein paar kleine Geschäfte zu tätigen und Star besser kennenzulernen. Ich bin nur ein netter, besorgter, alleinerziehender Vater, der bei seiner alten Tante in einem anständigen Haus wohnt, dachte er. Und das ist gut so. Denn wenn Lilly endgültig die Augen zumacht, werden Star und ich ein gutes Verhältnis zueinander haben. Wer weiß, vielleicht kann sie ja für mich arbeiten.

Während er sich die Zukunft weiter ausmalte, drückte er die ausgerauchte Zigarette in einer Schale mit Nähutensilien aus und beschloß, sich noch eine anzuzünden, um seine Nerven zu beruhigen, bevor er Tante Lilly gegenübertrat.

Schon als Star noch klein gewesen war und er sie mit dem Kinderwagen spazierenfuhr, war Lilly jedesmal mißtrauisch gewesen. Lenny grinste, als ihm die vielen Waren einfielen, die er ausgeliefert hatte, während die Leute mit seinem hübschen Baby schäkerten. Doch wenn er nach Hause kam, löcherte ihn Lilly jedesmal mit Fragen: »Wo bist zu spazierengegangen? Wo warst du mit ihr? Ihr Deckchen riecht nach Rauch. Wenn du sie in eine Kneipe mitnimmst, bringe ich dich um.« Ständig lag sie ihm in den Ohren.

Allerdings wußte er, daß er vorsichtig sein und Lillys Sorgen um das kleine Mädchen zerstreuen mußte. Es hätte ihm gerade noch gefehlt, daß seine Tante auf den dummen Gedanken kam, Stars Mutter ausfindig machen zu wollen – seine angebliche Freundin, die nach Kalifornien gezogen war.

Durch seine guten Beziehungen hatte er für Star eine gefälschte Geburtsurkunde beschafft. In dem Brief an ihrer Decke hatte gestanden, daß sie irisch-italienischer Abstammung war. Da ich Italiener bin, muß ihre Mutter Irin gewesen sein, hatte Lenny beschlossen und seinen Verbindungsmann gebeten, den Namen der Mutter mit Rose O'Grady anzugeben. Dabei hatte er an das Lied über Rosie O'Grady gedacht, das ihm als Kind gut gefallen hatte. Einer seiner Mitschüler hatte es damals immer gesungen.

Lilly würde ihr blaues Wunder erleben, wenn sie eine Rose O'Grady in Kalifornien suchte, sagte sich Lenny. Der Name ist sehr häufig, und Kalifornien ist ein großer Staat. Doch Nachforschungen konnten trotzdem zu Schwierigkeiten führen. Deshalb beabsichtigte er nicht, es soweit kommen zu lassen. Wenn er Lilly in Sicherheit wiegen wollte, mußte er glaubhaft den liebevollen Vater spielen.

Lenny gähnte, streckte sich, kratzte sich am Schulterblatt und strich sein strähniges, dunkles Haar zurück. Nachdem er Jeans angezogen und sogar an ein T-Shirt gedacht hatte und in seine Turnschuhe geschlüpft war, ging er den Flur entlang zum Schlafzimmer seiner Tante.

Die Tür stand offen, und er konnte sehen, daß Lilly wie erwartet im Bett lag. Das Zimmer war ordentlich, wenn auch ein wenig überfüllt, seit Stars schmale Pritsche zwischen Bett und Wand geklemmt worden war.

Lenny wartete in der Tür. Star hatte ihm den Rücken zugekehrt und sagte Lilly ihren Text aus dem Krippenspiel auf. Da Lilly ihn nicht bemerkt hatte, wich er lautlos in den Flur zurück. Star saß im Schneidersitz, kerzengerade und mit verrutschter Haarspange auf dem Bett und verkündete: »Oh, Joseph, es macht nichts, daß man uns in der Herberge nicht aufnimmt. Der Stall wird uns Unterschlupf bieten, und bald wird auch das Kind kommen.«

»*Bella, bella* Madonna«, lobte Lilly. »Die heilige Muttergottes wird sehr froh sein, daß du sie spielst.« Seufzend nahm sie Stellinas Hände. »Und heute fange ich an, ein weißes Gewand und einen blauen Schleier für dich zu nähen, die du im Krippenspiel tragen kannst, Stellina *cara* …«

Lilly sieht aus, als gehöre sie ins Krankenhaus, dachte Lenny besorgt. Ihre Haut war grau, und er erkannte Schweißperlen auf ihrer Stirn. Er wollte sich schon nach ihrem Befinden erkundigen, hielt aber inne und verzog das Gesicht, als sein Blick auf die Kommode fiel. Sie war bedeckt mit unzähligen Heiligenbildern und kleinen Statuen, die die heilige Familie und den heiligen Franz von Assisi darstellten. Daran war er gewöhnt – Lilly war schon immer sehr gläubig gewesen –, doch er bedauerte noch immer, daß Lilly vor vielen Jahren den Silberkelch gefunden hatte. Zum Glück hatte er den Diamanten bereits entfernt gehabt.

Damals hatten die Zeitungen wegen des gestohlenen Kelches ein Riesentheater veranstaltet, da dieser aus dem Besitz eines berühmten Bischofs stammte. Lenny wußte, daß es nicht sehr schlau gewesen wäre, ihn zum Hehler zu bringen, ein zu großes Risiko für die paar Dollar, die er dafür kassiert hätte. Also hatte er den Kelch hinten in seinen Schrank gestopft und geplant, ihn später loszuschlagen, zum Beispiel in einer anderen Stadt.

Dann aber hatte Lilly wieder einmal einen Anfall von Putzwut bekommen, ihn gefunden und sofort als Meßkelch erkannt. Lenny hatte sich schnell eine Ausrede einfallen lassen müssen. Der Kelch habe Stars Mutter Rose gehört. Er erzählte Lilly, ihr Onkel, ein Priester, habe ihn ihr vermacht. Also polierte Lilly den Kelch, bis das Silber wie neu funkelte, und stellte ihn zu ihren Statuen.

Nun gut, wenn es sie glücklich machte, dachte Lenny. Wahrscheinlich hatte sie ihn vor Schwierigkeiten bewahrt, indem sie ihn daran gehindert hatte, den Kelch zu verkaufen. Doch inzwischen war Gras über die Sache gewachsen, und er fragte sich, wieviel der Kelch heute wohl einbringen würde. Wenigstens hatte Lilly den Brief nicht gefunden, der an Stars Deckchen befestigt gewesen war. Lenny hatte ihn behalten, für den Fall, daß ihn später einmal jemand nach der Herkunft des Kindes fragen würde. So konnte er beweisen, daß er das Mädchen nicht entführt hatte.

Er hatte den Brief in einen Spalt zwischen das oberste Regal und die Rückwand seines Schrankes geklemmt. Dort würde Lilly ihn auch dann nicht erreichen, wenn sie mit dem Staubwedel die Regale saubermachte.

Achselzuckend drehte Lenny sich um und ging in die Küche, um in Kühlschrank und Vorratsschrank nachzusehen, was es zum Frühstück gab: Es war kaum etwas da. Offenbar war Lilly in letzter Zeit nicht beim Einkaufen gewesen. Er stellte rasch eine Einkaufsliste zusammen, nahm seine Jacke und kehrte ins Schlafzimmer zurück.

Diesmal betrat er den Raum mit einem herzhaften »Guten Morgen. Wie geht es meinen Mädels?« Freundlich erkundigte er sich bei Lilly nach ihrem Befinden, ermahnte Star, ihre Hausaufgaben zu machen, und verkündete, er werde jetzt einkaufen gehen.

Nachdem er seine Einkaufsliste heruntergerattert hatte, sah Lilly ihn argwöhnisch an. Dann aber ließ sie sich erweichen und fügte noch ein paar Dinge hinzu.

Draußen war es bitterkalt, und Lenny bedauerte, daß er keine Mütze aufgesetzt hatte. Er beschloß, sich zuerst in einem Lokal ein anständiges Frühstück zu genehmigen. Von dort aus konnte er auch einen Anruf tätigen, um seinen New Yorker Verbindungsleuten mitzuteilen, daß er ihnen wieder zu Diensten stand. Sicher würden sie sich über diese Nachricht freuen.

Und wenn ich die liebe Tante Lilly erst einmal los bin, werde ich die kleine Star in mein Unternehmen einbinden, überlegte Lenny. Sie wäre eine ausgezeichnete Partnerin, denn niemand würde sie verdächtigen.

Ja, wenn Star und ihr Daddy zusammenarbeiteten, stand einem florierenden Lieferservice nichts mehr im Wege.

11

Als Sondra aus der Kirche floh, spürte sie den Blick des Monsignore im Rücken. Sie versuchte, ihr Schluchzen zu unterdrücken, und lief zurück zum Hotel. Dort angekommen, duschte sie, bestellte Kaffee und drückte sich feuchte Waschlappen auf die geschwollenen Augen. Ich muß aufhören zu weinen, sagte sie sich streng. Ich muß aufhören zu weinen! Das Konzert war sehr wichtig, und sie mußte sich vorbereiten.

Um neun Uhr wurde sie in dem von ihr gemieteten Probenraum in der Carnegie Hall erwartet und sollte fünf Stunden lang üben. Also mußte sie sich zusammennehmen, denn gestern war sie nicht gut in Form gewesen, unkonzentriert und nicht annähernd auf ihrem üblichen Niveau.

Aber wie soll ich an etwas anderes denken als an das Baby? fragte sich Sondra immer wieder. Was ist mit meinem kleinen Mädchen geschehen? Seit sieben Jahren stellte sie sich nun vor, daß ein nettes Ehepaar ihr Baby adoptiert hatte. Leute, die vielleicht keine eigenen Kinder bekommen konnten und das kleine Mädchen liebten und verwöhnten. Aber nun wußte sie nicht, wer das Kind gefunden hatte – oder ob es womöglich sogar spurlos verschwunden war.

Sondra sah in den Spiegel. Eine Katastrophe! stellte sie fest. Ihr Gesicht war gerötet, und sie hatte verschwollene Augen. Dagegen konnte sie nichts unternehmen, doch ihre langen, schlanken Finger griffen schon nach der Make-up-Tube, um wenigstens die Tränenspuren auf der Haut zu kaschieren.

Heute nachmittag gehe ich noch einmal zum Pfarrhaus, nahm sie sich vor, und der Gedanke beruhigte sie ein wenig. Dort hatte sie ihr Baby zuletzt gesehen und dort fühlte sie sich ihm besonders nah. Und wenn sie vor dem Portrait von Bischof Santori betete, spürte sie denselben Frieden, den ihr Großvater vor vielen Jahren in dieser Kirche empfunden hatte. Sondra betete nicht darum, ihr Baby zurückzubekommen, denn sie glaubte, kein Recht dazu zu haben. Sie wünschte sich nur, daß ihre Tochter in Geborgenheit aufwuchs und geliebt wurde. Mehr verlangte sie nicht.

Sie hatte den Pfarrbrief aus St. Clement mitgenommen und holte ihn nun aus der Tasche ihrer Joggingjacke. Ja, um fünf Uhr fand eine Messe statt. Sie würde hingehen, aber ein wenig später kommen. So würde der Monsignore keine Gelegenheit haben, sie anzusprechen. Und kurz vor Schluß würde sie wieder hinausschlüpfen.

Während sie ihr dunkelblondes Haar zu einem Pferdeschwanz zusammenfaßte, fragte sie sich, ob ihre Tochter ihr wenigstens ein bißchen ähnlich sah.

12

Während Alvirah Tee trank und sich ein großes Stück von Kate Durkins köstlichem Streuselkuchen schmecken ließ, überlegte sie, wie man das Haus aus den Klauen der Bakers retten konnte.

»Ist es nicht schrecklich, daß man in seinem eigenen Haus leise sprechen muß?« meinte Kate. »Die beiden schleichen ständig herum. Kurz bevor du kamst, haben sie mir wieder einmal einen ordentlichen Schrecken eingejagt, denn als ich mich umdrehte, bemerkte ich, daß sie mich beobachteten. Deshalb habe ich jetzt auch die Tür zugemacht.« Sie betrachtete die Kopie des Testaments ihrer Schwester und seufzte. »Anscheinend bin ich machtlos. Das Gesetz steht auf ihrer Seite.«

»Das werden wir noch sehen«, entgegnete Alvirah mit Nachdruck und schaltete das Mikrophon in ihrer Brosche ein. »Ich habe eine ganze Menge Fragen an dich, also fangen wir an. Der Monsignore war am Freitag, dem 27. November, bei euch. Er sagte, seiner Ansicht nach sei es klar, daß Bessie das Haus dir hinterlassen würde. Allerdings sei sie besorgt gewesen, daß die Kinder das Haus verwüsten könnten.«

Kate nickte. Ihre freundlichen blauen Augen – vergrößert durch dicke, runde Brillengläser – blickten nachdenklich. »Du kanntest Bessie ja«, erwiderte sie. »Sie war so festgefahren und jammerte ständig, daß sich alles hier verändern würde, wenn eine Horde Kinder im Haus herumtobte. Doch ich weiß noch, daß sie dann lachte und sagte: ›Wenigstens bin ich nicht mehr da und muß nicht hinter ihnen herputzen. Das ist dann deine Aufgabe, Kate.‹«

»Das war am Freitag, dem 27., richtig?« fragte Alvirah. »Wie ging es Bessie am Wochenende?«

»Sie war müde. Das Herz machte nicht mehr mit, und sie wußte es. Sie bat mich, ihr blaues Blümchenkleid aus dem Schrank zu holen und es zu bügeln. Dann verlangte sie, ich solle ihr ihre Perlenkette umhängen, wenn ihre Zeit gekommen sei. Die Perlen seien zwar nicht echt, aber das einzige Schmuckstück, das der Richter ihr je geschenkt hat – abgesehen vom Ehering natürlich. Beides sei nicht wertvoll genug, um es jemandem zu vererben. Dann meinte sie: ›Weißt du, Kate, Aloysius war wirklich ein netter Mann. Wenn ich ihn schon in meiner Jugend geheiratet hätte, hätte ich mit ihm eine Familie gründen können. Und dann hätte ich keine Zeit gehabt, mich wegen Kratzern und Fingerabdrücken aufzuregen.‹«

»Das war am Samstag?« erkundigte sich Alvirah.

»Nein, am Sonntag.«

»Und dann, am Montag, hat sie angeblich in Gegenwart von Zeugen das neue Testament unterschrieben. Hast du sie davor auf ihrer Schreibmaschine tippen gehört? Was hast du dir gedacht, als die Zeugen erschienen?«

»Ich bin ihnen überhaupt nicht begegnet«, erwiderte Kate kopfschüttelnd. »Du weißt ja, daß ich montags und freitags am Nachmittag ehrenamtlich im Krankenhaus aushelfe. Bessie war strikt dagegen, daß ich an jenem Tag zu Hause blieb. Als ich ging, schien sie sich recht wohl zu fühlen. Sie saß unten in ihrem Sessel und sah fern. Ich erinnere mich noch, wie sie sagte, sie sei froh, mich ein paar Stunden los zu sein, alles sei in Ordnung, und sie habe genug von meinem besorgten Getue.«

»Und wo war sie, als du nach Hause kamst?«

»Immer noch unten. Sie hat sich eine der Seifenopern angesehen, die sie so gern hatte.«

»Gut. Als nächstes möchte ich mit den beiden Zeugen sprechen.« Alvirah betrachtete die letzte Seite des Testaments. »Weißt du, wer sie sind?«

»Nie von ihnen gehört«, entgegnete Kate.

»Ich werde ihnen einen kleinen Besuch abstatten. Ihre Adresse steht hier unter den Unterschriften. James und Eileen Gordon, 79. Straße West.« Alvirah blickte auf, als Vic Baker die Tür des Eßzimmers aufstieß, ohne anzuklopfen.

»Trinken Sie ein gemütliches Täßchen Tee?« fragte er gekünstelt freundlich.

»*Bis jetzt* war es sehr gemütlich«, entgegnete Alvirah.

»Ich wollte Ihnen nur Bescheid geben, daß wir kurz weggehen. Wenn wir zurückkommen, helfen wir Ihnen gern, Bessies Kleider nach unten zu tragen.«

»Bessies Habseligkeiten sind bei uns in guten Händen«, erwiderte Alvirah. »Sie brauchen sich nicht den Kopf darüber zu zerbrechen.«

Bakers freundliches Lächeln war auf einmal wie weggeblasen. »Zufällig habe ich gehört, daß sie mit den Zeugen sprechen wollen, Mrs. Meehan«, zischte er. »Natürlich gebe ich Ihnen gern ihre Telefonnummer.« Er kramte in seiner Tasche. »Ich habe sogar ihre Visitenkarte bei mir.«

Baker reichte Alvirah die Karte, machte auf dem Absatz kehrt, stolzierte hinaus und knallte die Tür hinter sich zu. Die beiden Frauen blickten ihm nach und beobachteten, wie die Tür langsam wieder aufschwang.

»Die bleibt nicht zu«, sagte Kate. »Der Mann tut so, als wäre er der geborene Heimwerker, und hat offenbar Eindruck auf Bessie gemacht. Er kann zwar ganz gut mit einem Pinsel umgehen, aber mehr auch nicht.« Sie zeigte auf die Tür. »Hast du bemerkt, daß er vorhin den Türknauf gar nicht umgedreht hat? Er hat die Tür einfach aufgedrückt. Früher hat sie geklemmt, also hat er sie abgeschliffen. Und jetzt rastet sie nicht mehr ein. Im Wohnzimmer ist es dasselbe, da haben wir jetzt eine Schwingtür.« Sie schnaubte durch die Nase.

Alvirah hörte nur mit halbem Ohr hin. Sie musterte die Karte, die Vic Baker ihr gegeben hatte. »Das ist eine Geschäftskarte«, sagte sie. »Die Gordons sind Immobilienmakler. Das ist aber höchst interessant.«

»Für Türen hat er offenbar kein Händchen, aber mit Testamenten kennt er sich aus«, meinte Alvirah später am Nachmittag zu Willy. Er hatte sie beim Nachhausekommen bedrückt im Wohnzimmer sitzend vorgefunden. »Mit Jim und Eileen Gordon scheint alles in Ordnung zu sein.«

»Und warum haben ausgerechnet sie das Testament bezeugt?«

»Wenn man ihnen glauben kann, rein zufällig. Seit Vic Baker nach New York gezogen ist, ist er auf der Suche nach einem Haus oder einer Eigentumswohnung. Die Gordons sagen, sie hätten einige Objekte mit ihm besichtigt. Am 30. November um drei Uhr hatte er einen Termin mit ihnen, um sich eine Wohnung in der 81. Straße anzusehen. Während sie dort waren, hat Linda ihn auf dem Mobiltelefon angerufen. Sie berichtete, Bessie fühle sich nicht wohl und brauche Zeugen für ihr neues

Testament. Also hat Vic die Gordons gebeten, ihm einen Gefallen zu tun. Sie waren einverstanden, und jetzt wird es interessant: Sie behaupten, Vic und Linda wären fast in Ohnmacht gefallen, als Bessie ihnen das Testament vor der Unterschrift vorlas.«

»Wenn die Gordons mit Baker Immobilien besichtigt haben, haben sie sich doch sicher über seine Vermögensverhältnisse erkundigt«, meinte Willy. »Hast du sie danach gefragt?«

»Das haben sie wirklich getan. Und ob du es glaubst oder nicht, die Bakers sind ziemlich wohlhabend.« Alvirah lächelte mühsam. »Hat Cordelia dich heute wieder ordentlich auf Trab gehalten?«

»Ich hatte kaum Zeit zum Luftholen. Im Kleiderladen hatten sie einen Wasserrohrbruch, und um ihn zu reparieren, mußte ich den Haupthahn abstellen. Ein Glück, daß die Kindertagesstätte samstags geschlossen ist.«

»Bald wird sich auch dieses Problem gelöst haben«, seufzte Alvirah. »Und wenn mir meine grauen Zellen bis dahin nicht verraten, was ich übersehen habe, steht Cordelia mit ihrem Projekt auf der Straße.« Sie schaltete das Mikrophon in ihrer Brosche ein, spulte geschickt das letzte Stück Band zurück und drückte auf PLAY.

Eileen Gordons angenehme Stimme war klar zu verstehen. »Zuletzt sagte Mrs. Maher noch, sie könne jetzt in Frieden sterben, da der ursprüngliche Charakter ihres Hauses gewahrt bleiben würde.«

»Ich wette, dieses elende Wort ›ursprünglich‹ ist der Schlüssel.« Alvirahs Miene erhellte sich. »Wie drückt sich der Monsignore immer aus, wenn er wittert, daß etwas nicht stimmt?«

»›Etwas ist faul im Staate Dänemark‹«, antwortete Willy. »Hast du das gemeint?«

»Genau. Nur, daß diesmal etwas in der Upper West Side faul ist«, sagte Alvirah. »Und ich werde den Gordons so lange auf den Zahn fühlen, bis ich weiß, was es ist. Ich denke nicht, daß sie Betrüger sind, aber daß sie einfach so ein Testament bezeugen, kommt mir doch seltsam vor. Vielleicht sind sie nur gute Schauspieler, und ich habe mir von ihnen ein Märchen auftischen lassen.«

»Apropos auftischen«, meinte Willy. »Warum essen wir heute nicht ein wenig früher? Ich verhungere schon fast.«

Es war halb sieben, und die Meehans wollten gerade das Haus verlassen, als Monsignore Ferris anrief. »Kate war in der Messe«, berichtete er. »Sie hat mir erzählt, daß Sie mit den Zeugen sprechen wollten. Haben Sie etwas in Erfahrung gebracht?«

Alvirah schilderte ihm rasch, was sie herausgefunden hatte, und versicherte ihm, sie werde nicht so schnell das Handtuch werfen. Bevor sie sich verabschiedete, fügte sie noch hinzu: »War die junge Frau von gestern wieder da?«

»Heute sogar zweimal. Morgens war sie in der Messe und ist während der Predigt gegangen. Sie wirkte ziemlich verstört. Dann, um fünf, sah ich sie noch einmal, aber ich hatte keine Gelegenheit, mit ihr zu sprechen. Alvirah, sie sagten doch, sie käme Ihnen bekannt vor. Wissen Sie vielleicht, woher? Ich würde ihr wirklich gern helfen.«

»Ich zermartere mir bereits seit einer Weile das Hirn, aber es will mir einfach nicht einfallen«, antwortete Alvirah bedauernd. »Geben Sie mir Zeit. Ich bin nämlich sicher, daß ich ihr Photo schon einmal gesehen habe, aber ich weiß nicht, wo.«

Als Willy und Alvirah zwei Stunden später auf ihrem Heimweg vom Restaurant an der Carnegie Hall vorbeikamen, brach Alvirah mitten im Satz ab und zeigte mit dem Finger. »Willy, schau, da ist das Mädchen.«

In einer Glasvitrine hing das Plakat für das Weihnachtskonzert, auf dem die auftretenden Künstler abgebildet waren: Plácido Domingo, Kathleen Battle, Yo-Yo Ma, Emanuel Ax und Sondra Lewis.

Alvirah und Willy lasen den Text unter dem Bild von Sondra Lewis. Selbst auf dem Photo wirkte sie traurig und niedergeschlagen. »Warum sieht ein Mädchen, das bald zum erstenmal in der Carnegie

Hall spielen wird, nur so unglücklich aus?« wunderte sich Willy.

»Offenbar hat es etwas mit St. Clement zu tun«, erwiderte Alvirah. »Und ich werde rauskriegen, was es damit auf sich hat.«

13

Als kleines Mädchen hatte Stellina ihre Nonna gefragt, warum sie keine Mutter hatte wie die anderen Kinder. Nonna hatte geantwortet, Stellinas Mutter habe sie bei ihrem Daddy gelassen, denn sie sei nach der Geburt sehr krank geworden und habe nach Kalifornien ziehen müssen, um wieder gesund zu werden. Natürlich sei die Mutter beim Abschied sehr traurig gewesen, aber sie habe versprochen zurückzukommen, falls es ihr je wieder bessergehen sollte. Aber Nonna hatte Stellina auch gestanden, daß sie nicht daran glaubte. Sicher hatte der liebe Gott Stellinas Mutter schon längst zu sich gerufen.

Und als Stellina in den Kindergarten kam, hatte Nonna ihr den silbernen Kelch gezeigt, den sie in Daddys Schrank gefunden hatte. Sie hatte Stellina erklärt, der Onkel ihrer Mutter, ein Priester, habe ihn ihr geschenkt, und diese wiederum habe ihn Stellina vermacht. Nonna sagte, der Kelch sei in der heiligen Messe benutzt worden, er sei geweiht und deshalb etwas Besonderes.

So wurde der Kelch für Stellina eine Art Talisman, und manchmal, wenn sie sich beim Einschlafen zu sehr nach ihrer Mutter sehnte, bat sie Nonna, ihn in der Hand halten zu dürfen.

Nonna nahm sie deshalb öfter auf den Arm. »Kleine Kinder geben irgendwann ihre Kuscheldecke auf, Stellina. Und du, ein großes Mädchen, das bald in die Schule kommt, suchst dir auf einmal etwas, an das du dich klammern kannst.« Aber dann lächelte sie immer und gab Stellina den Kelch. In einer Mischung aus Englisch und Italienisch tröstete sie das liebe, kleine Mädchen, das einzig Gute, was ihr nichtsnutziger Neffe je zustandegebracht hatte. »Ach, *bambina*«, flüsterte Nonna. »Ich werde immer für dich sorgen.«

Als Stellina am Sonntagnachmittag zusah, wie Nonna den blauen Schleier für das Krippenspiel nähte, hatte sie plötzlich eine Idee. Sie fragte Nonna, ob sie den Kelch mitnehmen und ihn beim Krippenspiel als heilige Maria dem Christkind schenken dürfe.

Nonna war nicht einverstanden. »Ach nein, Stellina. Vielleicht geht er verloren. Und außerdem war die heilige Maria viel zu arm, um dem Christkind etwas aus Silber zu schenken. Es würde nicht passen.«

Stellina protestierte nicht, aber sie beschloß, Nonna zu überreden. Sie wußte auch schon, welches Gebet sie sprechen wollte, wenn sie den Kelch zum Christkind in die Krippe legte: »Bitte mach meine

Mutter gesund, wenn sie noch krank ist. Und bitte sorg dafür, daß sie mich wenigstens einmal im Leben besuchen kommt.«

Detective Joe Tracy vom 24. Revier in Manhattan fand es höchst interessant, daß Lenny Centino wieder aus der Versenkung aufgetaucht war. Er hatte bereits vor einigen Jahren in einer Strafsache gegen ihn ermittelt, ihm aber nichts nachweisen können. Doch das änderte nichts an seiner Überzeugung, daß Lenny damals in das Verbrechen – Drogenverkauf an Minderjährige – verwickelt gewesen war.

Wie Tracys Partner ihm erklärte, hatte Lenny laut Vorstrafenregister nur Bagatelldelikte, zum Beispiel ein paar Einbrüche und kleine Betrügereien, auf dem Kerbholz. Tracy war jedoch sicher, daß Lenny bis jetzt einfach nur das Glück gehabt hatte, nicht erwischt worden zu sein.

»Klar, er hat eine kurze Strafe abgesessen«, sagte Tracy. »Im Jugendgefängnis vor fünfundzwanzig Jahren. Inzwischen ist die Eintragung gelöscht. Meiner Meinung nach hat er im Knast nur neue Tricks gelernt. Er wurde ein paarmal festgenommen, aber nie angeklagt. Wir konnten ihm nie etwas anhängen. Doch ich glaube ganz fest, daß er damals die Drogen an die Schulkinder verteilt hat. Ich weiß noch, wie er mit seinem Kinderwagen durch die West Side spaziert ist. Später erfuhr ich dann, daß das Baby nur Tarnung war. Er hatte den Stoff im Kinderwagen versteckt.«

Tracy warf Lenny Centinos dünne Akte auf den Tisch. »Jetzt ist er wieder hier, und ich werde ihn im Auge behalten. Wenn ich ihn mit dem kleinen Mädchen sehe, nehme ich ihn vielleicht einfach fest. Irgendwann wird er einen Fehler machen, und dann kaufe ich mir den Burschen.«

14

Als Alvirah und Willy am Montagmorgen beim Frühstück saßen, läutete das Telephon. Alvirah hob ab und erkannte zu ihrer Freude die Stimme ihres Redakteurs Charley Evans. Er berichtete, Vic und Linda Baker seien berüchtigte Trickbetrüger, doch die Beweise hätten bis jetzt nie für eine Anklage genügt.

»Moment mal«, unterbrach sie ihn. »Ich möchte alles auf Band aufnehmen, damit ich kein Wort vergesse.« Sie lief ins Schlafzimmer, um ihre Brosche zu holen, schaltete das Mikrophon ein und eilte zurück an den Apparat. »Okay, Charley, schieß los«, sagte sie und hielt die Brosche an die Sprechmuschel.

»Die Bakers suchen sich ganz bewußt wohlhabende alte Leute aus«, erklärte Charley. »Das letztemal haben sie im vergangenen Jahr in Charlestown zugeschlagen. Sie haben sich mit einem älteren Herrn angefreundet, der einige Millionen schwer war. Anscheinend hatte er sich damals mit seiner Tochter zerstritten, weil er ihren Ehemann ablehnte. Aber er hat nie geäußert, daß er vorhätte, sie zu enterben. Zeugenaussagen zufolge haben ihm die beiden Betrüger Märchen über seine Tochter aufgetischt: Sie könne es kaum erwarten, an das Geld ihres Vaters heranzukommen. Und rate mal, was dann geschah.«

»Plötzlich tauchte ein neues Testament auf«, schlug Alvirah vor.

»Du hast es erfaßt. Der alte Herr hinterließ seiner Tochter ein paar Dollar und den Schmuck ihrer Mutter. Alles andere bekamen die Bakers. Wie du siehst, waren sie schlau genug, sich nicht das gesamte Vermögen unter den Nagel zu reißen. Dann wäre das Testament nämlich leichter anzufechten gewesen.«

»Was ist mit den Zeugen?« fragte Alvirah.

»Alles anständige Bürger.«

»Das habe ich mir schon gedacht«, seufzte sie.

»Ich bin noch auf einige ähnlich gelagerte Fälle innerhalb der letzten zehn Jahre gestoßen. Du kannst dir sicher vorstellen, wie es lief. Die Testamente wurden allesamt angefochten, doch jedesmal haben die Bakers den Prozeß mühelos gewonnen.«

»Diesmal nicht«, entgegnete Alvirah entschlossen.

»Das hoffe ich für deine Freundin. Noch ein kleiner Tip: Sag ihr, sie soll beim Nachlaßgericht in der Chambers Street 31 einen Antrag auf Anfechtung des Testaments stellen, und zwar mit der Begründung, die Verstorbene habe das Dokument unter Zwang aufgesetzt. Ansonsten wird es innerhalb der nächsten Tage oder Monate rechtskräftig, wann genau hängt vom jeweiligen Richter ab. Durch diesen Antrag kann sie zumindest die Übertragung des Vermögens verzögern. Wer ist der Nachlaßverwalter?«

»Vic Baker.«

»Die haben wirklich nichts dem Zufall überlassen«, stellte Charley fest. »Okay, Alvirah, wenn ich dir helfen kann, sag mir Bescheid. Und vergiß nicht, du bist mir dafür einen Artikel schuldig.«

»Den kriegst du, verlaß dich drauf. Die Überschrift habe ich schon, du kannst sie dir gleich notieren: ERBSCHLEICHER ENTTARNT.«

Charley kicherte. »Dann also los, Alvirah. Ich setze auf Sieg.«

Bei der dritten Tasse Tee erzählte Alvirah Willy von dem Telefonat. »Aber, aber, Schatz«, tadelte Willy, »du schiebst schon wieder so trotzig den Kiefer vor. Ich weiß, daß du nichts unversucht lassen wirst, aber du mußt mir versprechen, dich nicht in Gefahr zu begeben. Ich werde allmählich zu alt, um mir ständig Sorgen zu machen, jemand könnte dich vom Balkon stoßen oder in der Badewanne ertränken.«

»So etwas würde nicht zu den Bakers passen«, tat Alvirah diesen Einwand ab. »Schließlich sind sie keine Killer, sondern Betrüger. Und was hat Cordelia heute für dich auf dem Programm?«

»Die Tagesstätte.« Willy schüttelte den Kopf. »Weißt du, Schatz, allmählich muß ich der Stadtverwaltung zustimmen. Das Gebäude fällt langsam aber sicher auseinander. Mit Reparaturarbeiten und Leim macht man auch kein neues Haus mehr daraus. Da hilft nur noch die Abrißbirne. Jedenfalls werde ich heute noch eine Stunde Klavier üben. Cordelia hat mich gestern ›Stille Nacht‹ spielen hören, nachdem ich mit dem Wasserrohr fertig war. Und jetzt hat sie beschlossen, daß ich dieses Lied nach dem Krippenspiel vortragen soll. Sie hat die komische Vorstellung, die Kinder würden sehen, daß man auch im Alter noch dazulernen kann, wenn ich mitmache.«

»Das ist doch wundervoll!« rief Alvirah aus und strahlte ihn an.

»Nun, ich finde die Idee ziemlich dämlich«, sagte Willy. »Aber Kinder sind zum Glück unvoreingenommen, und die Eltern werden nur Augen für ihren Nachwuchs haben. Also wird mich vermutlich niemand bemerken ... Und was hast du heute vor?«

»Zuerst besuche ich Kate. Du weißt ja, wie es ist. Nach dem Tod eines nahen Verwandten hat man in den ersten Tagen das Haus voller Leute. Und irgendwann wacht man auf, und es wird einem klar, daß man den Verstorbenen nie wiedersehen und nie mehr seine Stimme hören wird. Dann braucht man dringend gute Freunde. Insbesondere in Kates Fall, denn sie trauert nicht nur um Bessie, sondern muß sich zu allem Überfluß noch mit Betrügern herumschlagen. Danach schaue ich bei Monsignore Tom vorbei und erzähle ihm, wer die junge Frau ist, die sich um St. Clement herumdrückt.«

Rasch wie immer räumte Alvirah die Küche auf, machte die Betten, duschte und schlüpfte in den schlichten, aber eleganten Hosenanzug, den ihre Freundin Baroneß Min von Schreiber bei ihrem letzten Besuch an der Ostküste für sie ausgesucht hatte. Wie Min nicht müde wurde zu betonen, neigte Alvirah dazu, die verschiedensten Farben und Stilrichtungen wahllos miteinander zu kombinieren. Alvirah hatte sich dem modischen Urteil ihrer Freundin gebeugt.

Als sie gerade gehen wollte, hörte sie Willy am Klavier »Stille Nacht« üben. Stolz stellte sie fest, daß sein Spiel immer besser wurde. Leise summte sie den Text mit, und besonders die Zeile »Alles schläft, einsam wacht« bekam in diesem Moment für sie eine besondere Bedeutung. Nun, ich wache über dich, Kate, dachte sie.

Bei ihrer Ankunft verkündete Kate ruhig und entschieden, sie habe nachgedacht und den Beschluß gefaßt auszuziehen, und sei es in ein möbliertes Zimmer. Wenn Bessie den Bakers das Haus vermacht habe, müsse sie sich eben damit abfinden. Der Wortlaut des Testaments sei eindeutig, und immerhin habe Bessie ihr ein Einkommen vermacht und sie zur Benutzung der Wohnung im oberen Stockwerk berechtigt. »Aber ich kann nicht unter einem Dach mit diesen Leuten leben, Alvirah«, sagte Kate. »Und wenn ich daran denke, wie die arme, kranke Bessie am Schreibtisch ihr Testament tippte und wartete, bis ich weg war, bevor sie die Zeugen kommen ließ, versetzt es mir einen Stich ins Herz.«

»Kate, du hast mich gerade an etwas erinnert, das ich vergessen hatte. Das Testament wurde doch am letzten Montag, dem 30. November unterschrieben. Doch datiert ist es vom 28. November.«

»Genau. Am Tag, nachdem Bessie dem Monsignore sagte, ihr behage die Vorstellung nicht, das Haus in eine Kindertagesstätte zu verwandeln. Am Wochenende hat sie noch darüber gewitzelt, es sei meine Aufgabe, mich mit den Kindern herumzuschlagen. Und dann hat sie hinter meinem Rücken ihr Testament geändert.«

»Wie oft warst du am letzten Wochenende weg?« fragte Alvirah.

»Nur in der Morgenandacht, am Samstag und am Sonntag. Doch Bessie konnte sehr schnell tippen. Du weißt ja, wie stolz sie darauf war. Für dieses Testament hätte sie höchstens zwanzig Minuten gebraucht.«

»Ach, Kate!« seufzte Alvirah. Es tat ihr weh, ihre alte Freundin anzusehen. Kates Kampfgeist war verschwunden. Mutlos ließ sie die Schultern hängen, und ihr zierlicher, drahtiger Körper wirkte schlaff. Alvirah wußte, daß es keinen Zweck hatte, mit ihrer Freundin zu streiten – ihr Entschluß stand fest. Alvirahs einzige Chance war, Zeit zu gewinnen.

»Kate«, sagte sie. »Tu mir bitte einen Gefallen. Ich habe mich über die Bakers erkundigt und bereits herausgefunden, daß sie als Trickbetrüger bekannt sind. Allerdings sind sie noch nie verhaftet worden – noch nicht! Gib mir Zeit bis Weihnachten, um zu beweisen, daß Bessie dieses Testament nicht verfaßt hat. Auch wenn es aussieht, als ob die Unterschrift von ihr stammt, glaube ich, daß sie gar nicht wußte, was sie da unterschrieb.«

Kate riß die Augen auf. »Ach, Alvirah, so etwas kann man nicht beweisen.«

»Kann man schon«, entgegnete Alvirah mit dem Brustton der Überzeugung, obwohl sie sich ihrer Sache gar nicht so sicher war. »Ich weiß auch schon, wo ich anfangen muß. Nachdem ich bei Monsignore Tom war, werde ich das Maklerbüro James und Eileen Gordon aufsuchen und behaupten, daß ich eine Eigentumswohnung suche. Die beiden werden mich in den nächsten Wochen nicht mehr loswerden. Vielleicht sind sie ja Komplizen der Bakers, oder sie sind ebenfalls von ihnen getäuscht worden. Doch ganz gleich, wie es sich verhält, ich werde es rauskriegen.«

15

Lenny Centino hatte es bis jetzt geschafft, einen Bogen um Gefängnisse zu machen, weil er nicht übertrieben geldgierig war. Er lieferte Drogen nur in kleinen Mengen und in unregelmäßigen Abständen. Und abgesehen von Detective Joe Tracy, auf dessen Abschußliste er ganz oben stand, war es ihm gelungen, der Polizei aus dem Weg zu gehen. Außerdem verkaufte er die Drogen nicht, er verteilte sie nur, worauf im Fall einer Verhaftung eine geringere Strafe stand. Und da das Rauschgift im voraus bezahlt wurde, hatte er auch mit den finanziellen Transaktionen nichts zu tun. Inzwischen galt er bei Dealern wie Konsumenten gleichermaßen als zuverlässig, und da er nie Stoff für sich selbst abzweigte, waren seine Dienste sehr gefragt.

Dennoch blieben Drogengeschäfte auch weiterhin riskant, weshalb Lenny sich ein zweites Standbein geschaffen hatte: Er arbeitete hin und wieder als Fahrer bei einem Getränkemarkt und konnte beim Ausliefern der Getränke die Wohnungen der Kunden in

Augenschein nehmen. Außerdem war er ein begnadeter Einbrecher. Er schlug nur zu, wenn er wußte, daß die Bewohner ausgeflogen waren, und gab sich lediglich mit Schmuck und Bargeld ab.

Seine erfolgreiche Karriere als Kirchenräuber hatte mit dem Einbruch in St. Clement ein Ende gefunden. Es brachte zwar viel ein, Opferstöcke zu knacken, doch der stille Alarm und der folgenreiche Zwischenfall mit dem Baby hatten ihm vor Augen geführt, daß diese Betätigung immer gefährlicher wurde. Inzwischen waren sogar kleinere Gemeinden schlau genug, Alarmanlagen einbauen zu lassen.

Lenny hielt sich für gerissen und unschlagbar und war sicher, daß seine Verbindungsleute gern wieder mit ihm zusammenarbeiten würden. Am Montag traf er sich mit ein paar alten Kumpeln auf ein Bier und prahlte damit, was er seit September so getrieben hatte: Er war für eine Firma tätig gewesen, die, getarnt durch einen Computerhandel, Stoff vertrieb. Allerdings ahnte Lenny nicht, daß sich ein verdeckter Ermittler bei seinen Freunden eingeschlichen hatte. Nachdem der Beamte auf dem Revier Bericht erstattet hatte, beschloß Detective Tracy, Lenny beschatten zu lassen und seinen V-Mann mit einem versteckten Mikrophon auszustatten. Die Polizei wiederum ahnte nicht, daß Lenny mit einer solchen Situation gerechnet und die nötigen Vorsichtsmaßnahmen getroffen hatte. In Mexiko besaß er einen Schlupfwinkel, und er verfügte auch über einige Ersparnisse und über falsche Ausweispapiere. Aber seit seiner Rückkehr hatten sich Lennys Fluchtpläne ein wenig geändert. Tante Lilly hatte offensichtlich nicht mehr lange zu leben. Lenny hatte Star sehr gern, und außerdem war sie eine großartige Tarnung für seine Machenschaften. Er betrachtete sie als Talisman und beschloß, sie mitzunehmen, falls er das Land verlassen mußte.

Immer wieder sagte er sich, daß er ihr Daddy war und deshalb für sie sorgen mußte.

Und noch ein weiterer Vorteil war nicht von der Hand zu weisen, obwohl Lenny es nicht aussprach: Ein Mann, der mit einem kleinen Mädchen reiste, würde wohl kaum für einen flüchtigen Verbrecher gehalten werden.

16

Sondra hatte sich geschworen, von nun an einen Bogen um St. Clement zu machen. Wenn Großvater nicht zum Konzert kommen würde, wäre ich schon längst zur Polizei gegangen, sagte sie sich. Ich kann so nicht weiterleben. Falls jemand meine Tochter gefunden, den Zettel gelesen und beschlossen hat, das Baby zu behalten und in New York aufwachsen zu lassen, dann sicher mit einer gefälschten Geburtsurkunde. Schließlich konnte die Finderin jederzeit behaupten, sie hätte das Baby zu Hause zur Welt gebracht. Im Hotel wußte ja auch niemand, daß ich ein Kind bekommen habe – ich hatte nicht einmal richtige Wehen.

Weh getan hat es erst viel später, dachte sie, als sie Sonntagnacht wach im Bett lag. Im Morgengrauen döste sie endlich ein. Und da sie nur ein paar Stunden geschlafen hatte, erwachte sie mit rasenden Kopfschmerzen.

Sie stand auf und schlüpfte teilnahmslos in ihren Jogginganzug. Vielleicht bekomme ich beim Laufen einen klaren Kopf, überlegte sie. Ich muß mich heute aufs Üben konzentrieren. Ich habe soviel falsch gemacht und darf auf keinen Fall das Konzert verpatzen und Großvater enttäuschen.

Sie hatte sich vorgenommen, heute im Central Park zu joggen, doch als sie das nördliche Ende des Parks erreichte, trugen sie ihre Füße automatisch nach Westen. Ein paar Minuten später stand sie auf der Straße gegenüber von St. Clement und erinnerte sich wieder an den Augenblick, als sie ihr Baby zum letztenmal in den Armen gehalten hatte.

Es war ein wenig wärmer geworden. Viele Passanten waren unterwegs, und sie wußte, daß sie Aufmerksamkeit erregen würde, wenn sie nicht weiterging. Der blendend weiße Schnee vom Donnerstag war inzwischen fast völlig geschmolzen, die Reste waren schwarz von Ruß.

Die Nacht war sehr kalt, dachte sie. *Und der Schnee auf den Gehwegen war spiegelglatt gefroren. Der gebrauchte Kinderwagen hatte einen Fleck an der Seite. Ich habe ihn zwar gründlich geschrubbt, aber er war so abgenützt, daß ich das Kind am liebsten gar nicht hineingelegt hätte. Jemand im Hotel hatte eine Einkaufstüte weggeworfen, die ich als Kälteschutz benutzte. Ich weiß noch, daß der Firmenname Sloane's daraufgedruckt war. Die Fläschchen und die Babynahrung habe ich im Drogeriemarkt Duane Reade gekauft.*

Sondra spürte, daß jemand ihr auf die Schulter tippte. Erschrocken drehte sie sich um und sah in das besorgte Gesicht einer molligen, rothaarigen, etwa sechzigjährigen Frau. »Sie brauchen Hilfe, Sondra«, sagte Alvirah sanft. »Und ich werde Ihnen helfen.«

Sie fuhren mit dem Taxi zurück zum Central Park South. Oben in der Wohnung brühte Alvirah Tee auf und toastete Brot.

»Ich wette, Sie haben heute noch nichts gegessen«, meinte sie.

Sondra, die wieder einmal den Tränen nahe war, nickte nur. Sie fühlte sich gleichzeitig erleichtert und wie in einem Traum. Die unbekannte Wohnung und die fremde Frau vermittelten ihr Geborgenheit.

Sie wußte, daß sie Alvirah Meehan von dem Baby erzählen würde. Denn Alvirah machte auf sie den Eindruck, als würde sie ganz sicher einen Weg finden, ihr zu helfen.

»Jetzt hören Sie mir gut zu«, sagte Alvirah zwanzig Minuten später. »Zuerst müssen Sie Schluß mit den Selbstvorwürfen machen. Es ist vor sieben Jahren passiert, sie waren selbst fast noch ein Kind. Sie hatten keine Mutter. Sie fühlten sich für ihren Großvater verantwortlich. Sie haben das Baby ganz alleine zur Welt gebracht und alles gut geplant. Sie haben Kleider, Babynahrung und Fläschchen besorgt und jeden Penny gespart, um das Kind in New York zu bekommen, weil sie eines Tages dort leben wollten. Sie haben das Kind angezogen und es warm eingemummelt in einem Kinderwagen auf die Treppe eines

Pfarrhauses gestellt. Sie haben sich die Kirche ausgesucht, in der Ihr Großvater Trost fand, als er erkennen mußte, daß seine Karriere als Geiger wegen seiner Arthritis vorbei war. Weniger als fünf Minuten später haben Sie im Pfarrhaus angerufen und dann angenommen, das Baby sei bereits entdeckt worden.«

»Ja«, sagte Sondra. »Aber was ist, wenn ein paar Jugendliche den Kinderwagen aus Jux gestohlen haben? Dann ist das Baby vielleicht erfroren, und derjenige, der es gefunden hat, wollte nicht in die Sache hineingezogen werden … Und was wäre … «

»Was wäre, wenn gute Menschen sie mitgenommen haben und jetzt sehr glücklich mit ihr sind?« sagte Alvirah im Brustton der Überzeugung, obwohl sie sich gar nicht so sicher war. Gute Menschen hätten die Polizei verständigt und dann einen Antrag auf Adoption gestellt, dachte sie. Sie hätten nicht all die Jahre geschwiegen.

»Mehr darf ich nicht verlangen«, meinte Sondra. »Mehr verdiene ich nicht, denn ich weiß einfach nicht … «

»Sie verdienen viel mehr, als Sie glauben. Machen Sie sich nicht so klein«, tadelte Alvirah. »Und nachher gehen Sie Geige üben, damit Sie den Musikliebhabern in New York eine Freude bereiten können. Die Lösung des Rätsels überlassen Sie mir.« Und dann fügte sie spontan hinzu: »Sondra, wissen Sie, wie hübsch Sie sind, wenn Sie lächeln? Sie müssen das viel öfter tun, einverstanden?«

Sie schenkte Sondra noch eine Tasse Tee ein und entlockte ihr ihre ganze Geschichte.

»Können Sie sich vorstellen, welche Belastung es für meinen Großvater war? Er lebte allein, schlug sich als Musikkritiker und Geigenlehrer durch, und dann mußte er sich plötzlich um ein zehnjähriges Kind kümmern.« Ein Lächeln spielte um Sondras Lippen. »Er hatte eine hübsche Vier-Zimmer-Wohnung in einem schönen Haus am Lake Michigan in Chicago. Aber die Zimmer waren ziemlich eng, und etwas Größeres konnte er sich nicht leisten.«

»Was tat er, als Sie zu ihm zogen?« fragte Alvirah.

»Er hat meinetwegen sein ganzes Leben geändert. Er hat in seinem Arbeitszimmer geschlafen und mir sein Schlafzimmer gegeben. Wenn er aus dem Haus mußte, bezahlte er eine Frau, die auf mich aufpaßte und mir das Essen kochte. Ich muß hinzufügen, daß Großvater gerne ausging und sich zum Abendessen mit seinen Freunden traf. Und natürlich besuchte er viele Konzerte. Meinetwegen hat er viele liebe Gewohnheiten aufgegeben.«

»Sie machen sich schon wieder klein«, unterbrach sie Alvirah. »Ich wette, er war einsam, bevor Sie zu ihm zogen. Sicher fand er es schön, Sie bei sich zu haben.«

Sondras Lächeln wurde breiter. »Kann sein, aber mit seiner Freiheit, zu kommen und zu gehen, wann es ihm paßte, und auch mit den kleinen Freuden des Alltags war es vorbei.« Das Lächeln verschwand. »Aber ich glaube, ich habe ihn dafür in gewisser

Weise entschädigt. Ich bin eine gute Musikerin, eine gute Geigerin.«

»Genau!« meinte Alvirah. »Endlich sagen Sie einmal etwas Positives über sich selbst.«

Sondra lachte. »Wissen Sie, Alvirah, Sie können gut mit Worten umgehen.«

»Das meint mein Redakteur auch immer«, stimmte Alvirah zu. »Langsam verstehe ich. Sie fühlten sich verpflichtet, Erfolg zu haben. Sie haben ein Stipendium bekommen. Sie waren erst achtzehn, als sie einen attraktiven, begabten Mann kennenlernten und sich in ihn verliebten. Wahrscheinlich hat er ihnen gesagt, er sei verrückt nach Ihnen, und Sie, seien Sie doch mal ehrlich, waren sehr leicht herumzukriegen. Sie hatten weder Eltern noch Geschwister, sondern nur einen Großvater, dessen Gesundheit nachließ. Habe ich es bis jetzt richtig dargestellt?«

»Ja.«

»Den Rest kennen wir. Befassen wir uns also mit der Gegenwart. Eine so hübsche und begabte Frau wie Sie lebt doch sicher nicht wie auf einer einsamen Insel. Haben Sie einen Freund?«

»Nein.«

»Das war zu schnell, Sondra. Und das bedeutet, daß Sie bestimmt einen haben. Wer ist es?«

Eine lange Pause entstand. »Gary Willis. Er gehört dem Verwaltungsrat des Chicagoer Symphonieorchesters an«, erwiderte Sondra schließlich zögernd. »Er ist vierunddreißig, acht Jahre älter als ich, sehr erfolgreich, sehr gutaussehend, sehr nett, und er möchte mich heiraten.«

»So weit, so gut«, stellte Alvirah fest. »Und Sie haben nichts für ihn übrig?«

»Eigentlich schon. Ich bin nur noch nicht bereit für eine Ehe. Im Augenblick fühle ich mich, als würde ich den Verstand verlieren. Und wenn ich trotzdem heirate, würde ich immer, wenn ich mein nächstes Kind ansehe, daran denken, daß ich seine Schwester in einer Papiertüte draußen in der Kälte ausgesetzt habe. Gary hat viel Geduld mit mir und ist sehr verständnisvoll. Sie werden ihn sicher kennenlernen. Er kommt mit meinem Großvater zum Konzert.«

»Ich glaube, er gefällt mir jetzt schon«, meinte Alvirah. »Und vergessen Sie nicht, daß es die meisten Frauen heutzutage schaffen, Ehe, Familie und Beruf miteinander zu vereinbaren. Ich habe es jedenfalls getan.«

Sandra blickte sich in der geschmackvoll eingerichteten Wohnung um und genoß die malerische Aussicht auf den Central Park. »Was machen Sie denn beruflich, Alvirah?«

»Zur Zeit bin ich Lottogewinnerin, Problemlöserin und Kolumnistin beim *New York Globe*. Bis vor zwei Jahren war ich eine ausgezeichnete Putzfrau.«

Sondra kicherte. Offenbar war sie nicht sicher, ob sie Alvirahs Worte ernst nehmen oder als Witz verstehen sollte. Doch Alvirah sparte sich eine weitere Erklärung. Meine Lebensgeschichte kann ich auch noch später erzählen, dachte sie.

Die beiden standen auf. »Ich muß zur Probe«, sagte Sondra. »Heute kommt ein Lehrer, dem der Ruf vorauseilt, daß er Konzertmusiker wie mich gern zur Schnecke macht.«

»Dann müssen Sie ihr Bestes geben«, meinte Alvirah. »Ich werde inzwischen überlegen, wie wir Ihr Baby finden, ohne daß uns jemand auf die Schliche kommt. Ich verspreche, Sie jeden Tag anzurufen.«

»Alvirah, Großvater und Gary treffen eine Woche vor dem Konzert ein. Sicher will Großvater St. Clement besuchen. Es wird ihn sehr traurig machen, daß Bischof Santoris Kelch verschwunden ist. Könnten Sie Monsignore Ferris sagen, daß wir beide uns unterhalten haben, und ihn bitten, Großvater nicht zu verraten, daß ich öfter in der Kirche war. Es könnte schließlich sein, daß wir den Monsignore treffen.«

»Wird gemacht«, antwortete Alvirah.

Auf dem Weg durchs Wohnzimmer blieb Sondra am Klavier stehen, wo John Thompsons »Klavierschule für Senioren«, aufgeschlagen bei »Stille Nacht«, auf dem Notenständer lag.

Sondra spielte die Melodie mit einer Hand. »Ich hatte das Lied fast vergessen, wunderschön, finden Sie nicht?« Ohne die Antwort abzuwarten, sang sie den Text mit.

»Und der Engel hochheilige Schar. Trauter Knabe im lockigen Haar. Schlaf in seliger Ruh.«

Plötzlich hielt sie inne. Ihre Stimme zitterte.

»Hoffentlich hat mein Kind in jener Nacht auch einen Schutzengel gehabt, Alvirah.« Sie sah aus, als würde sie gleich in Tränen ausbrechen.

»Ich rufe sie an«, rief Alvirah Sondra nach, als diese aus dem Zimmer stürzte.

17

Brauchst du mich noch, Cordelia?« fragte Willy erschöpft. »Beide Toiletten funktionieren wieder. Aber ich würde dir vorschlagen, den Kindern zu verbieten, Papierknäuel hineinzuwerfen. Stell dir einfach vor, daß diese Rohre eigentlich in ein Altersheim gehören. Und ich wahrscheinlich auch«, fügte er mit einem Seufzer hinzu.

»Unsinn«, schalt Schwester Cordelia streng. »Du bist noch ein junger Mann, William. Warte ab, bis du so alt bist wie ich.« Zwischen den Geschwistern bestand ein Altersunterschied von zehn Jahren.

»Und du, Cordelia, wirst noch mit hundert so quicklebendig sein wie ein Showstar«, entgegnete Willy.

»Apropos, ich sollte mir eigentlich die Proben zum Krippenspiel ansehen. Komm, gehen wir nach oben. Die Kinder werden bald abgeholt.« Schwester Cordelia packte Willy am Arm und zog ihn zur Treppe.

Es war viertel vor sechs, und die Proben waren in vollem Gange. Im Augenblick war die letzte Szene im Stall an der Reihe. Stellina kniete mit ernster Miene einem fröhlich grinsenden Jerry Nuñez gegenüber. Zwischen ihnen lag die gefaltete Decke, die die Krippe mit dem Christkind darstellte.

Die heiligen drei Könige, angeführt von José Diaz, näherten sich von links, die Schäfer kamen von rechts herbei.

»Langsamer«, befahl Schwester Cordelia und hob die Hände. »Ein Schritt nach dem anderen, und drängel nicht, Jerry. Halt den Kopf gesenkt. Du sollst die Krippe ansehen, nicht die Schäfer. Willy, spiel das Abschlußlied«, fügte sie hinzu.

»Ich habe die Noten zu Hause gelassen, Cordelia. Ich dachte nicht, daß ich so lange bleiben würde.«

»Dann sing eben. Der liebe Gott hat dir eine Stimme gegeben. Fang ganz leise an, als ob du am Klavier sitzt, und werde dann lauter. Die Kinder stimmen ein. Stellina und Jerry beginnen, danach die heiligen drei Könige und die Schäfer und zum Schluß der Chor.

Willy war zu klug, seiner Schwester zu widersprechen. »Stille Nacht, heilige Nacht«, sang er.

»José, ich zieh dir die Ohren lang, wenn du Denny noch einmal ein Bein stellst«, unterbrach Schwester Cordelia ihren Bruder. »Fang noch einmal an, Willy.«

Stellina und Jerry stimmten ein. Ihre reinen, klaren Kinderstimmen vermischten sich mit Willys Tenor.

Was für eine wunderschöne Stimme dieses Kind hat, dachte Willy, als er Stellina zuhörte. Ich würde schwören, sie hat das absolute Gehör. Er betrachtete ihre ernsten braunen Augen. Eine Siebenjährige sollte nicht so traurig aussehen, dachte er, als die heiligen drei Könige, die Schäfer und dann die anderen Schüler zu singen begannen.

Als das Lied zu Ende war, spendeten Schwester Cordelia, Schwester Maeve Marie und die freiwilligen Helferinnen tosenden Beifall. »Wenn ihr in zwei Wochen bei der Vorstellung auch so gut seid, wird es ein großer Erfolg«, sagte Cordelia den Kindern. »Und jetzt zieht eure Mäntel an, setzt eure Mützen auf und verwechselt eure Sachen nicht. Eure Eltern kommen gleich, um euch abzuholen, und ihr dürft sie nicht warten lassen. Sie haben den ganzen Tag gearbeitet und sind müde.« Sie wandte sich an Willy. »Und ich ebenfalls«, meinte sie.

»Es freut mich zu hören, daß sogar deine Energie Grenzen hat«, antwortete er. »Okay, da ich nun schon einmal so lange geblieben bin, kann ich dir auch noch beim Aufräumen helfen.«

Zwanzig Minuten später standen die beiden Nonnen an der Tür und warteten darauf, daß Mrs. Nuñez Stellina und Jerry abholte. Als sie atemlos angelaufen kam und keuchend eine Entschuldigung stammelte, winkten sie ab.

Schwester Cordelia nahm sie beiseite. »Wie geht es Stellinas Großtante?« fragte sie.

»Gar nicht gut«, flüsterte Mrs. Nuñez und schüttelte den Kopf. »Ich denke, daß sie noch vor Ende der Woche ins Krankenhaus muß.« Sie bekreuzigte sich rasch. »Wenigstens ist der Vater zurück. Aber ob das ein Grund zur Freude ist ...« Sie schnaubte durch die Nase, was wohl besagen sollte, wieviel sie von Stellinas Vater hielt.

Nachdem Mrs. Nuñez und die Kinder fort waren, meinte Schwester Cordelia: »Die arme Kleine. Ihre Mutter hat sie schon als Baby im Stich gelassen. Sie wird die Großtante verlieren, die sie großgezogen hat, und ihr Vater scheint ständig verreist zu sein. Außerdem ist er, soweit ich es mitbekommen habe, ein Taugenichts.«

»Schlimmer als das«, wandte Schwester Maeve Marie ein. »Am Freitagabend wollte er Stellina abholen, aber sie war schon weg. Auf mich hat er keinen sehr guten Eindruck gemacht. Also habe ich mich bei den Jungs auf dem Revier nach ihm erkundigt.«

»Sie können wohl nicht von Ihrem alten Job lassen, Detective«, sagte Willy.

»Es kann nie schaden. Soweit ich gehört habe, steht Mr. Centino einiger Ärger ins Haus.«

»Das heißt, daß dieses liebe Kind bei einer Pflegefamilie oder sogar bei einer ganzen Reihe von Pflegefamilien landet«, seufzte Schwester Cordelia. »Und in ein paar Wochen können wir uns nicht mehr um sie kümmern. Nun gut, für heute reicht es. Geh nach Hause, Willy. Du warst ein Schatz. Am Freitag kannst du deinen Gehaltsscheck abholen.«

»Selten so gelacht.« Er grinste, obwohl er diesen Witz schon kannte. Draußen vor dem Gebäude blieben sie kurz auf dem Gehweg stehen. »Trinkt ein Glas Wein und erholt euch«, meinte Willy. »Ich würde euch ja zum Essen einladen, aber ich habe nicht mehr mit Alvirah gesprochen, seit sie mich heute mittag angerufen hat. Sie sagte, sie wolle sich auf die Suche nach einer Eigentumswohnung machen. Also weiß ich nicht, wann es Essen gibt.«

Cordelia sah ihn erstaunt an. »Soll das ein Scherz sein? Ich dachte, ihr mögt eure Wohnung. Alvirah sagt doch immer, daß sie nur über ihre Leiche dort ausziehen würde. Ist das mit der neuen Wohnung wirklich ihr Ernst?«

»Natürlich nicht«, beruhigte sie Willy. »Sie will nur das Maklerehepaar aushorchen, das Bessies Unterschrift unter dem Testament bezeugt hat. Sie hofft, daß sie dahinterkommt, was mit dem Testament nicht stimmt, wenn sie nur genug Zeit mit einem von beiden verbringt. Wie dem auch sei, ich gehe jetzt. Ihr Mädels habt das wirklich toll gemacht, das Krippenspiel wird eine Wucht. Ihr solltet den Bürgermeister einladen, damit er sieht, was für gute Arbeit ihr leistet.«

Doch auch dieses Kompliment konnte die beiden Nonnen nicht aufheitern. Und als Willy nach Hause kam, wurde er von einer ebenso besorgten Alvirah erwartet. »Ich habe mir die Füße wundgelaufen und mit Eileen Gordon eine Unmenge von Wohnungen besichtigt«, stöhnte sie.

»Hast du etwas erfahren?« fragte Willy.

»Sie ist eine sehr sympathische Frau, und ich würde mein Leben darauf verwetten, daß sie lieber verdursten würde, als auch nur einen Schluck Wasser zu trinken, der ihr nicht gehört.«

»Das heißt, daß die Bakers sie und ihren Mann wahrscheinlich ebenfalls über den Tisch gezogen haben«, stellte Willy sachlich fest.

»Ja, aber ich hatte gehofft, sie würden sich auch als Betrüger entpuppen. Es ist viel leichter einen Verbrecher festzunageln als einen ehrlichen Menschen davon zu überzeugen, daß er übers Ohr gehauen worden ist«, seufzte Alvirah.

18

Monsignore Thomas Ferris war vor vierzig Jahren gleich nach seiner Priesterweihe nach St. Clement gekommen. Sieben Jahre später war er in eine Pfarrei in der Bronx versetzt worden und hatte danach im Stab des Kardinals im Pfarramt der Kathedrale gedient. Vor zehn Jahren war er dann als Pfarrer nach St. Clement zurückgekehrt und beabsichtigte, den Rest seines Priesterlebens dort zu verbringen. Er mußte sich eingestehen, daß St. Clement seine Heimat war, und er war sehr stolz auf die Kirche – ihre Geschichte und ihre wichtige Rolle im Leben der Gemeinde. Nur ein einziger Vorfall hatte seine Amtszeit überschattet und quälte ihn sieben Jahre später immer noch, und zwar der Diebstahl von Bischof Santoris Kelch.

»Ich mache mir solche Vorwürfe, weil es während meines Dienstes passiert ist«, pflegte er seinen Amtskollegen zu sagen, die wußten, wie schwer ihm der Verlust zu schaffen machte. »Ich hatte gehört, daß in jüngster Zeit häufig Einbrüche in Kirchen stattgefunden hatten, aber wir waren einfach zu unvorsichtig. Natürlich waren Fenster und Türen mit einer Alarmanlage gesichert, doch das reichte nicht. Wir hätten eine Überwachungskamera anbringen sollen. Ich hatte es mir fest vorgenommen, aber noch nicht die Zeit dafür gefunden.«

Der Schrein mit dem Kelch des Bischofs war zwar mit einem stillen Alarm ausgestattet gewesen, doch in diesem Fall hatte er nichts genutzt. Als die Polizei eintraf, war der Dieb mit dem Kelch bereits über alle Berge gewesen.

Besonders kurz vor Weihnachten litt Monsignore Tom unter der Erinnerung an das Verschwinden des Kelches, da er in der Adventszeit gestohlen worden war. Und obwohl er und seine Gemeinde ohnehin ständig darum beteten, der Kelch möge wieder aufgefunden werden, waren seine Gebete in diesem Jahr besonders inbrünstig.

Einige Menschen werden als Heilige geboren, davon war Tom Ferris felsenfest überzeugt. Er hatte schon immer daran geglaubt, daß Heilige von Geburt an über ein inneres Leuchten verfügten, das man spüren konnte. Er hatte Bischof Santori kurz vor dessen Tod kennengelernt. Bis zu seinem Ableben hatte der Bischof im Pfarrhaus von St. Clement gewohnt.

Der Mann verbreitete eine Aura von Heiligkeit, dachte Ferris. Dieselbe Aura, die auch Kardinal Cooke besaß.

Als der Monsignore am Montagabend die Kirche abschloß, kam er am Beichtstuhl vorbei. Gewiß hatte sich der Dieb des Kelches damals dort versteckt. Und wenn er es lediglich auf den Diamanten abgesehen gehabt hatte, konnte man nur hoffen, daß der Kelch selbst nicht im Müll gelandet war.

Eigentlich glaubte der Monsignore nicht, daß der Kelch vernichtet worden war. In letzter Zeit kam ihm immer öfter der merkwürdige Gedanke, der Kelch sei gestohlen worden, weil er anderswo gebraucht wurde – und erfülle nun fern von St. Clement eine wichtige Aufgabe.

Als er die Kirche verließ und die Tür hinter sich abschloß, blickte er unwillkürlich zur anderen Straßenseite hinüber. Ob die geheimnisvolle junge Frau wohl wieder dort stand? Er war fast enttäuscht, als er sah, daß sie nicht gekommen war, und hoffte, sie dennoch wiederzusehen. Schon oft hatte er erlebt, daß Menschen um die Kirche herumstrichen und nicht wagten, sich ihm anzuvertrauen. Doch irgendwann nahmen sie dann meistens doch ihren Mut zusammen und sprachen ihn an. »Monsignore, ich brauche Hilfe«, sagten sie für gewöhnlich.

Die Haushälterin hatte ihm das Abendessen ins Backrohr gestellt. Der Kaplan hatte heute abend frei, und so gönnte sich Tom Ferris den Luxus, ungestört zu lesen, während er sein einfaches Mahl verzehrte und dazu ein Glas Wein trank. Nach dem Essen hielt er das Geschirr unter fließendes Wasser, stellte es ordentlich in die Spülmaschine und erinnerte sich ein wenig belustigt an die gute alte Zeit. Damals war der Pfarrer – von seinen sechs oder sieben Kaplänen

»Chef« genannt – der absolute Herrscher über das Pfarrhaus gewesen. Und außerdem stand ihm eine Haushälterin zur Verfügung, die eine ausgezeichnete Köchin war und dreimal täglich köstliche Mahlzeiten servierte.

Er trank gerade seinen Kaffe, als ein Anruf von Alvirah seinem ruhigen Abend ein Ende bereitete. »Monsignore Tom«, sagte sie. »Eine Freundin von mir hat ein Problem. Ich glaube, mir ist schon eine Lösung eingefallen, aber ich muß mit Ihnen darüber reden. Wissen Sie, ich schreibe einen Artikel über eine junge Frau, die vor sieben Jahren ein Kind zur Welt gebracht und es auf den Stufen eines Pfarrhauses ausgesetzt hat.« Sie hielt inne. »Und ich erzähle Ihnen das, weil es sich um Ihr Pfarrhaus handelte.«

»Alvirah, so etwas ist hier nie vorgefallen!«

»Doch, das ist es. Aber Sie haben es nie erfahren. Ich bin überzeugt, daß es so gewesen ist. Wie dem auch sei, mein Redakteur möchte die Geschichte auf der Titelseite bringen, und da wir den Namen der Mutter nicht nennen dürfen, würde ich mich freuen, wenn ich Ihre Telefonnummer angeben könnte. Schließlich war es Ihr Pfarrhaus. Ich werde für Informationen über das Baby eine hohe Belohnung anbieten. Sie müssen nur die eingehenden Anrufe beantworten.«

»Nun aber mal langsam, Alvirah.«

»Die Sache ist eilig, denn der Zeitpunkt eignet sich vorzüglich für die Veröffentlichung einer solchen

Geschichte. Erstens interessieren sich die Leute zur Weihnachtszeit eher für Geschichten, die zu Herzen gehen, und zweitens ist das Kind letzte Woche sieben geworden. Ich muß wissen, ob Sie sich als Kontaktadresse zur Verfügung stellen.«

»Zuerst möchte ich den Artikel sehen«, erwiderte Ferris zögernd.

»Natürlich. Wir freuen uns wirklich über Ihre Mitarbeit, und es tut mir leid, daß ich Sie damit belästigen muß. Doch ich hoffe, daß wir durch den Artikel und die Belohnung eine Menge Reaktionen bekommen. Wir möchten das kleine Mädchen finden, und indem wir den Namen der Mutter nicht verraten, verhindern wir, daß irgendein Moralapostel ein Exempel an ihr statuiert und sie wegen Vernachlässigung der elterlichen Sorgepflicht oder Kindesmißhandlung festnimmt. Und es ist besser, wenn auch Sie nicht wissen, wer sie ist.«

»Das muß ich mir überlegen«, sagte Ferris.

»Mich kann man nicht zwingen, ihre Identität preiszugeben«, erklärte Alvirah weiter. »Wenn ich verhört werde, berufe ich mich auf meine Schweigepflicht als Journalistin.«

Auch ich müßte nicht aussagen, dachte Ferris. Denn mit der Schweigepflicht des Priesters, der die Beichte abnimmt, darf man kein Schindluder treiben.

»Warten Sie, Alvirah. Sie sagten, es sei vor genau sieben Jahren passiert. Sprechen Sie von der Nacht, in der der Kelch gestohlen wurde? Wurde das Baby in dieser Nacht ausgesetzt?«

»Offenbar. Als die Mutter im Pfarrhaus anrief, ging ein alter Priester an den Apparat. Sie wollte mit Ihnen reden, und er erklärte ihr, Sie seien draußen bei der Polizei, weil etwas vorgefallen sei. Also glaubte sie, Sie hätten das Baby bereits entdeckt.«

Monsignore Ferris faßte einen Entschluß. »Schreiben Sie ihren Artikel, Alvirah. Ich werde Ihnen helfen.«

Nachdenklich legte Monsignore Ferris den Hörer auf. War es möglich, daß die Person, die das Baby mitgenommen hatte, auch dem Dieb begegnet war, als dieser die Kirche verließ? Indem er der unglücklichen Mutter half, würde er vielleicht eine Antwort auf die quälende Frage finden, was mit dem Kelch geschehen war.

19

Immer wenn Kate Durkin Bessies Zimmer betrat, hatte sie eindeutig das Gefühl, daß etwas nicht stimmte. Aber bis jetzt war sie noch nicht dahintergekommen, was es war. Zermürbt von dem ständig bohrenden Zweifel, betete sie schließlich zum heiligen Antonius um Hilfe. Sie mußte unbedingt wissen, worum es sich handelte. Natürlich gestand sie dem Heiligen in ihrem Gebet ein, daß sie ihn wie immer um Unterstützung in einer praktischen Frage bat – wie zum Beispiel nach dem Verbleib ihrer Brille, ihrer Handtasche oder ihres einzigen echten Schmuckstücks, des winzigen Diamanten in Tiffanyfassung, der den Verlobungsring ihrer Mutter geziert hatte.

Damals hatte der heilige Antonius zwei Wochen gebraucht, um sie daran zu erinnern, daß sie mit Bessie eine Senioren-Busreise nach Williamsburg unternommen und den Ring deshalb in einer leeren Aspirinflasche versteckt hatte.

»Siehst du, heiliger Antonius«, sagte Kate, während sie ordentlich gefaltete Unterwäschestücke in einem Karton verstaute, der auf dem Bett stand. »Ich glaube wirklich, daß Alvirah recht hat. Die Bakers könnten es durchaus geschafft haben, Bessie hinters Licht zu führen, um mir dieses Haus abzuluchsen. Natürlich gibt es keine absolute Sicherheit, aber ich mache mir Sorgen. Denn jedesmal, wenn ich in dieses Zimmer komme und mir den Schreibtisch mit Bessies alter Schreibmaschine anschaue, gehen bei mir die roten Warnlämpchen an.«

Kate entdeckte eine Laufmasche in einem zusammengefalteten Paar Strümpfe. »Die arme Bessie«, seufzte sie. »Ihre Augen wurden immer schlechter, aber sie weigerte sich, mit mir zum Optiker zu gehen. Sie fand, eine neue Brille sei Geldverschwendung, weil sie das Weihnachtsfest ohnehin nicht mehr erleben würde.«

Nun, diese Einschätzung war richtig gewesen, dachte Kate traurig, während sie die nächste Schublade aufzog und die Flanellnachthemden herausholte, in denen Bessie immer geschlafen hatte. »Du meine Güte«, murmelte sie. »Die arme Bessie hat es offenbar zurückgelegt und vergessen, daß es bereits getragen war.« Kopfschüttelnd wischte sie mit der Hand über den Puderrest am Spitzenkragen des rosageblümten Nachthemdes. »Ich werde es vor dem Einpacken waschen«, sagte sie sich. »Das würde Bessie sicher freuen.«

Wieder schüttelte sie den Kopf. Nein, eigentlich ist es nicht weiter überraschend, daß sie es anprobiert und gleich wieder ausgezogen hat, überlegte sie weiter. Bessie konnte Spitzen nicht ausstehen, sie fand, daß sie am Hals kratzten. Aber komisch ist es doch, daß sie es überhaupt herausgenommen hat.

Sie hielt das Nachthemd noch immer in der Hand, als sie ein Geräusch hörte und sich umdrehte. Wieder einmal stand Vic Baker in der Tür und beobachtete sie. »Ich packe die Kleider meiner Schwester zusammen, um sie einer Wohltätigkeitsorganisation zu schenken«, meinte Kate kühl. »Außer Sie und Ihre Frau erheben auch Anspruch auf ihre Nachthemden.«

Ohne zu antworten, machte Vic auf dem Absatz kehrt. Der Mann ängstigt mich, dachte Kate. Er hat etwas an sich, das mir nicht geheuer ist. Ich kann es kaum erwarten auszuziehen.

Als sie am Abend die Waschmaschine anstellen wollte, bemerkte sie zu ihrer Überraschung, daß sich Bessies rosageblümtes Nachthemd nicht mehr in dem kleinen Haufen Schmutzwäsche befand, den sie daneben abgelegt hatte.

Anscheinend läßt mein Verstand nach, sagte sich Kate. Ich hätte schwören können, daß es vorhin noch da war. Nun denn, wahrscheinlich habe ich es doch schon eingepackt. Und jetzt muß ich all die dummen Kartons danach durchsuchen.

20

Am Freitag, dem 11. Dezember, erschien Alvirahs Artikel über das Baby, das vor sieben Jahren auf der Vortreppe des Pfarrhauses von St. Clement ausgesetzt worden war, im *New York Globe*. Kaum hatten die druckfrischen Exemplare die Zeitungskioske erreicht, stand das Telefon im Pfarrhaus nicht mehr still. Monsignore Ferris hatte eigens einen neuen Anschluß einrichten lassen.

Seine langjährige Sekretärin nahm die Telefonate entgegen, teilte den Leuten mit, die Gespräche würden auf Band aufgezeichnet, und verband diejenigen, die offenbar etwas Interessantes zu berichten hatten, mit dem Monsignore. Doch als Ferris am Montagmorgen Alvirah anrief, klang er ziemlich bedrückt. »Bis jetzt haben sich mehr als zweihundert Leute gemeldet, doch keiner hatte etwas zu sagen, das uns weiterbringt«, meinte er. »Leider waren viele der Anrufer entrüstet und schimpften, sie hätten nicht das geringste Mitleid mit einer Frau, die ein Neugeborenes draußen in der Kälte zurückläßt, und sei es nur für ein paar Minuten.«

»War die Polizei schon bei Ihnen?« fragte Alvirah.

»Eine Sachbearbeiterin vom Jugendamt hat mir einen Besuch abgestattet, und sie war gar nicht begeistert, das können Sie mir glauben. Nur eines wissen wir jetzt mit Sicherheit: Im fraglichen Zeitraum wurde kein totes oder ausgesetztes weibliches Baby in New York gefunden.«

»Wenigstens etwas«, seufzte Alvirah. »Ich bin so enttäuscht, daß wir nicht mehr erfahren haben. Und ich hielt es für so eine gute Idee.«

»Ich auch«, stimmte Monsignore Ferris zu. »Wie geht es der Mutter? Ich vermute nämlich, daß es sich um die junge Frau handelt, die in der letzten Woche so oft hier war.«

»Aber Sie können doch noch immer ehrlich antworten, Sie wüßten nicht, wer sie ist, oder etwa nicht?« erkundigte sich Alvirah besorgt. Wie immer nahm sie das Gespräch nur für alle Fälle auf Band auf. Schließlich kam es oft vor, daß man jemanden beim erstenmal nicht richig verstand.

»Sie brauchen Ihr Mikrophon nicht abzuschalten, Alvirah. Ich weiß nicht, wer sie ist, und ich will es auch gar nicht wissen. Was ist das eigentlich für ein Gerücht, daß Sie eine Eigentumswohnung suchen?«

»Ich spüre meine Beine kaum noch«, gab Alvirah zu. »Die Gordons sind wirklich sehr nette Leute, aber ich muß Ihnen gestehen, Monsignore Tom, daß sie zwar fähige Immobilienmakler, aber nicht unbedingt Genies sind. Ich schwöre Ihnen, daß sie es wirklich aufrichtig glauben, wenn sie einen in eine Bruchbude führen und einem vorschwärmen, wie reizend die Wohnung doch sei. Und dann beteuern sie ganz aufgeregt, daß man das Loch für nur neunhunderttausend Dollar bekommen kann, obwohl der Besitzer eigentlich eins komma zwei Millionen dafür will.«

»Immobilienmakler müssen begeistert von den Objekten sein, die sie anbieten, Alvirah«, meinte Monsignore Ferris nachsichtig. »In manchen Kreisen nennt man das Optimismus.«

»Nun, in ihrem Fall würde ich es eher als Tunnelblick bezeichnen«, entgegnete Alvirah. »Aber egal, nachher bin ich mit Eileen verabredet. Wir wollen uns eine Wohnung anschauen, von der aus man eine wundervolle Aussicht auf den Central Park hat. Ich freue mich schon riesig darauf. Danach besuche ich Kate und versuche, sie ein wenig aufzuheitern.«

»Hoffentlich gelingt es Ihnen. Ständig brütet sie über Bessies Testament und entdeckt immer wieder etwas darin, was sie als kränkend empfindet. Ihr letzter Einfall ist, Bessie habe beim Unterschreiben so fest aufgedrückt, daß der Stift fast ein Loch ins Papier gekratzt hat. ›So, als ob sie es kaum erwarten könnte, das Haus an fremde Leute zu verschenken‹, waren ihre Worte.«

Nach dem Telefonat saß Alvirah etwa zwanzig Minuten da und überlegte. Schließlich zog sie ihren Mantel an und trat auf die Terrasse hinaus.

Der Wind blies ihr ins Gesicht, und obwohl sie warm angezogen war, zitterte sie vor Kälte. Ich bin eine Versagerin, dachte sie. Ich glaubte, ich würde Sondra einen Gefallen tun, und nun hat sie sich ganz umsonst Hoffnungen gemacht. Jetzt wird ihre Enttäuschung um so größer sein. Morgen kommen ihr Großvater und ihr Freund an, und sie darf sich nichts anmerken lassen. Und außerdem muß sie für das Konzert am 23. Dezember üben.

Und ich habe Kate ermutigt und ihr gesagt, ich würde es schaffen, dieses Testament zu knacken. Inzwischen habe ich mir fast jede leerstehende Wohnung in der West Side angesehen und nichts weiter erfahren, als daß Jim und Eileen nette Leute sind. Offenbar verlassen sie sich bei ihren Geschäften auf ihr Glück, denn sie hören überhaupt nicht zu, wenn man ihnen die Wohnung beschreibt, die man sucht.

»Bis jetzt nichts«, mußte sie Kate bedrückt gestehen, als sie sie zu Hause besuchte. »Aber meine Devise lautet, daß man nie aufgeben darf.«

»Ach, Alvirah«, antwortete Kate. »Ich denke, es ist vorbei. Am meisten macht mir zu schaffen, daß mein Vertrauen zu Bessie so schwer erschüttert worden ist. Dauernd muß ich daran denken, wie sie an ihrem letzten Montag ihre Lieblingssendungen gesehen hat – du weißt ja, wie gerne sie Seifenopern hatte.

Sie redete wie ein Wasserfall und erzählte mir alles über die Figuren und die schrecklichen Dinge, die sie einander antaten. Und die ganze Zeit über plante sie, mich zu hintergehen.«

In jener Nacht litt Alvirah wieder einmal unter Schlaflosigkeit, wie so oft, wenn sie mit der Aufklärung eines Verbrechens beschäftigt war. Um ein Uhr morgens gab sie es schließlich auf, ging in die Küche, machte Tee und spulte ihr Tonband zum Anfang zurück.

Hercule Poirot, schoß es ihr durch den Kopf. Du mußt denken wie er.

Als Willy um sieben aus dem Schlafzimmer kam und sich die Augen rieb, stand er einer triumphierenden Detektivin gegenüber. »Willy, ich glaube, jetzt habe ich die Lösung«, verkündete sie strahlend. »Der erste Punkt ist Bessies Unterschrift auf dem Testament. Bei einer Kopie kann man nicht viel erkennen. Heute vormittag sehe ich mir beim Nachlaßgericht das Original an. Man weiß nie, was man dabei entdeckt.«

»Wenn es etwas zu entdecken gibt, findest du es bestimmt, Schatz«, brummte Willy schläfrig. »Darauf gehe ich jede Wette ein.«

21

Man hatte Lenny einen großen Auftrag angeboten. An eine derart lukrative Sache war er noch nie herangekommen, es war sogar ein noch besserer Deal als die Sache mit der Computerfirma. Normalerweise ließ Lenny sich zwar nicht auf solche Unternehmen ein, doch er beschloß, es diesmal zu wagen. Es würde viel Geld dabei herausspringen, so daß er für Jahre ausgesorgt haben würde. Außerdem hatte er beschlossen, sich nach Mexiko abzusetzen, vor allem jetzt, da Stars Mutter in der Stadt war und nach ihrem Kind suchte.

Der Artikel im *New York Globe* war ein ziemlicher Schock für Lenny gewesen. Er schilderte bis ins kleinste Detail, wie Star auf der Treppe des Pfarrhauses ausgesetzt worden war. Alles stimmte. Was war, wenn einer seiner neugierigen Wohnungsnachbarn nachrechnete und dahinterkam, daß er seine kleine Tochter vor genau sieben Jahren bei sich aufgenommen hatte? Diese Vorstellung bereitete Lenny einiges Magendrücken. Und vielleicht erinnerte sich jemand sogar an den abgenutzten Kinderwagen mit dem Fleck an der Seite.

Selbst in einigen Radiosendungen hatte man den Fall erörtert. Der Moderator Don Imus hatte sich eingehend damit befaßt und den Polizeichef ins Studio eingeladen. Und dieser hatte gesagt, die Person, die das Baby mitgenommen habe, müsse mit einer Anklage wegen Kindesentführung und mit einer langen Gefängnisstrafe rechnen.

»Wenn man einen Wertgegenstand findet, der einem nicht gehört, muß man ihn abgeben, auch wenn man den Besitzer nicht kennt«, hatte der Polizeichef betont. »So lautet das Gesetz. Und was ist wohl wertvoller als ein Baby?«

Dann hatten Imus und er über den Brief gesprochen, der in dem Artikel im Wortlaut zitiert worden war. »Daß die Mutter sich ein gutes Zuhause für ihr Kind wünschte, bedeutet nicht, daß jeder X-Beliebige es einfach mitnehmen kann«, hatte der Polizeichef festgestellt. »Als die Mutter das Kind aussetzte, wurde es zum städtischen Mündel, und die Stadt New York will das Baby zurückhaben. Ich hoffe, daß jede Person, die eine Vermutung hat, wo sich das Kind inzwischen aufhalten könnte, sich sofort bei den Behörden meldet. Ich sichere dem Anrufer absolute Diskretion zu, und auch die Übergabe der Belohnung wird vertraulich behandelt.«

Und noch etwas fiel Lenny an diesem Dienstagmorgen ein, als er Zucker und heiße Milch in die Kaffeetasse seiner Tante rührte. Mit Lillys Gesundheit ging es immer weiter bergab. In den letzten Tagen war sie kaum aus dem Bett aufgestanden. Er wußte, daß sofort ein Sozialarbeiter bei ihm vorsprechen würde, wenn Lilly ins Krankenhaus kam und dort Star erwähnte.

Als er Lillys Zimmer betrat, hatte sie die Augen geschlossen. Doch sie hörte seine Schritte und sah ihn an. »Lenny, ich fühle mich gar nicht wohl«, sagte sie. »Aber wenn ich zum Arzt gehe, steckt er mich ins Krankenhaus. Ich will so gerne sehen, wie Stellina beim Krippenspiel die heilige Jungfrau spielt, und möchte das mit dem Krankenhaus deshalb lieber noch ein wenig hinausschieben. Doch wenn ich wirklich ins Krankenhaus muß, soll Stellina bei Gracie Nuñez bleiben, bis ich wieder rauskomme. Versprichst du mir das?«

Lenny wußte, daß das Krippenspiel am nächsten Montagnachmittag stattfinden sollte, am 21. Dezember, dem Tag seines großen Coups. Außerdem war ihm klar, daß Lilly viel zu krank war, um dabeizusein. Aber wenn sie lange genug durchhielt und sich erst danach ins Krankenhaus einweisen ließ, waren seine Probleme gelöst. Nachdem er seinen Auftrag erledigt hatte, würde er Lilly überreden, ins Krankenhaus zu gehen, damit sie aus dem Weg war. Star und er würden dann gegen Mitternacht abfahren. Sie ist mein Glücksstern, dachte Lenny. Ich will sie bei mir behalten.

Vorsichtig stellte er die Kaffeetasse auf das wackelige Nachtkästchen. »Ich werde mich um dich kümmern, Tante Lilly«, versprach er. »Es wird Stellina das Herz brechen, wenn du sie nicht in dem hübschen Kostüm siehst, das du für sie genäht hast. Und ich bin ganz deiner Ansicht: Wenn du ins Krankenhaus mußt, ist es besser, sie wohnt bis zu deiner Rückkehr bei Mrs. Nuñez. Ich muß schließlich arbeiten, und ich möchte nicht, daß sie den ganzen Tag allein ist.«

Dankbar lächelte Lilly ihn an. »*Grazie*, Lenny, *grazie*«, murmelte sie schwach und tätschelte seine Hand.

Das weiße Gewand und der blaue Schleier hingen an einem Kleiderbügel am Garderobenständer neben der Kommode. Als Lenny sie ansah, wehte eine leichte Brise durchs angelehnte Fenster hinein und ließ den Schleier flattern, so daß er den Kelch auf der Kommode streifte.

Wieder eine Warnung, dachte Lenny. In dem Artikel im *Globe* hatte nämlich ausdrücklich gestanden, daß die Polizei vor sieben Jahren wegen eines Kirchendiebstahls in St. Clement gewesen war.

Am liebsten hätte Lenny sich den Kelch geschnappt und ihn beseitigt, aber er wußte, daß er das nicht riskieren durfte. Wenn der Kelch verschwand, würde Lilly ein Riesentheater veranstalten, und Star würde es allen ihren Freunden erzählen.

Nein, der Kelch mußte warten. Wenigstens fürs erste. Nachdem er und Star dieses Land verlassen hatten, stand eines fest: Der Kelch würde auf dem Grunde des Rio Grande landen.

22

Sondra konnte es nicht mehr ertragen, die Zeitung zu lesen, fernzusehen oder Radio zu hören. Alvirahs Artikel über das Baby hatte ein Echo in den Medien zur Folge gehabt, das ihr die Schamesröte in die Wangen trieb.

Als sie am Montagmorgen etwas in ihrem Koffer gesucht hatte, hatte sie ein ungeöffnetes Röhrchen Schlaftabletten gefunden, das ihr der Arzt einmal gegen ihre Einschlafschwierigkeiten verschrieben hatte. Sie hatte noch nie eine davon eingenommen, da sie sich diesem Problem stellen und nicht zu Hilfsmitteln greifen wollte. Doch am Montag wußte sie, daß ihr keine andere Wahl blieb. Sie mußte endlich wieder einmal durchschlafen.

Als sie am Dienstagmorgen um acht aufwachte, waren ihre Wangen tränennaß, und sie erinnerte sich, daß sie in ihren wirren und beängstigenden Träumen geweint hatte. Sie fühlte sich benommen und schläfrig, und es dauerte eine Weile, bis sie sich aufsetzen konnte. Zögernd streckte sie die Beine über die Bettkante.

In den ersten Sekunden schien sich das Hotelzimmer um sie zu drehen. Die geblümten Vorhänge verschwammen mit dem gestreiften Bezug des Sofas zu einem bunten Kaleidoskopmuster. Ich hätte heute nacht entweder wachbleiben oder gleich alle Tabletten auf einmal nehmen sollen, schoß es ihr durch den Kopf. Doch dann schüttelte sie sich. So ein Feigling bin ich nun auch wieder nicht, dachte sie.

Sie stellte sich unter die Dusche, ließ sich das heiße Wasser ins Gesicht prasseln und wusch sich das Haar. Danach fühlte sie sich ein wenig klarer im Kopf. Sie schlüpfte in einen Frotteebademantel, wickelte sich ein Handtuch um die nassen Haare und zwang sich, beim Zimmerservice zu dem üblichen Kaffee und Orangensaft auch Rührei und Toast zu bestellen.

Großvater und Gary kommen heute abend an, hielt sie sich vor Augen. Wenn sie mich in diesem Zustand erleben, werden sie mich so lange mit Fragen löchern, bis ich nachgebe und ihnen mein Herz ausschütte. Außerdem muß ich mich heute bei der Probe konzentrieren. Und morgen noch mehr, denn dann will Großvater zuhören. Ich muß ihm das Gefühl geben, daß meine Leistung den jahrelangen Unterricht und die Opfer wert ist.

Sondra stand auf und ging zum Fenster. Heute ist Dienstag, der 15. Dezember, dachte sie, während sie auf die Straße hinunterblickte, wo es bereits von

Autos und Fußgängern auf dem Weg zur Arbeit wimmelte.

»Das Konzert findet am nächsten Mittwoch statt«, überlegte sie weiter. Am Tag danach ist Weihnachten, und wir fliegen zurück nach Chicago. Nur, daß ich nicht mitfliegen werde. Ich werde mich direkt an den Pfarrer von St. Clement wenden. Das hätte ich schon vor sieben Jahren tun sollen, anstatt zum nächsten Telefon zu rennen. Ich werde Monsignore Ferris sagen, daß ich die Mutter des Babys bin, und dann werde ich ihn bitten, die Polizei zu verständigen. Ich kann mit dieser Schuld keinen Tag länger weiterleben.

23

Um zehn Uhr am Dienstagvormittag blickte Henry Brown, Sachbearbeiter beim Nachlaßgericht in der Chambers Street an der Südspitze von Manhattan, von seinem Schreibtisch auf. »Guten Morgen«, sagte er. Vor ihm stand eine entschlossen wirkende Frau von etwa sechzig Jahren mit rotem Haar und einem leicht vorstehenden Unterkiefer. Als gutem Menschenkenner fielen Henry sofort die kleinen Lachfältchen rings um den Mund der Frau und die Krähenfüße an ihren Augen auf. Seiner Ansicht nach wiesen diese Merkmale auf ein freundliches Wesen hin. Ihre gereizte Miene war offenbar nur vorübergehender Natur.

Er glaubte zu wissen, wen er vor sich hatte: Eine enttäuschte Verwandte, die das Testament eines Verstorbenen einsehen wollte, der sie enterbt hatte.

Kurz darauf hatte er zumindest soviel erfahren, daß die Frau tatsächlich vorhatte, ein Testament einzusehen. Allerdings war sie keine Verwandte.

»Ich heiße Alvirah Meehan«, erklärte Alvirah. »Soweit ich informiert bin, sind Testamente, die angefochten werden sollen, für jedermann einsehbar, und ich habe das Recht, mir ein ganz bestimmtes anzuschauen, wenn ich das möchte.«

»Das ist richtig«, entgegnete Henry freundlich. »Aber natürlich muß einer unserer Mitarbeiter dabeisein.«

»Meinetwegen kann mir der ganze Stadtrat über die Schulter gucken«, knurrte Alvirah, aber sie bereute ihre barschen Worte sofort. Schließlich traf diesen hilfsbereiten Sachbearbeiter keine Schuld. Doch sie spürte, daß ihr Zorn wuchs, je näher der Augenblick rückte, in dem sie das Original von Bessies Testament zu Gesicht bekommen sollte.

Eine Viertelstunde später studierte sie, Henry Brown neben sich, das Testament. »Schon wieder diese Worte«, murmelte sie.

»Wie bitte?«

»Die Worte ›ursprünglicher Charakter‹ stoßen mir einfach auf. Wissen Sie, ich könnte schwören, daß die Dame, die das geschrieben hat, sie in ihren ganzen achtundachtzig Lebensjahren nie benutzt hat.«

»Ach, sie wären erstaunt, wie geschwollen sich manche Leute ausdrücken, wenn sie ihr Testament verfassen«, meinte Henry wohlwollend. »Natürlich unterlaufen ihnen dabei Fehler, weil sie sich in der Juristensprache verheddern.« Er hielt inne und fügte dann hinzu: »Aber ich muß sagen, daß ich die Worte

›ursprünglicher Charakter‹ in diesem Zusammenhang auch noch nie gelesen habe.«

Alvirah hörte nur mit halbem Ohr hin, so enttäuscht war sie wegen der Information, daß es als nicht weiter ungewöhnlich galt, wenn jemand in seinem Testament seltsame und manchmal hochgestochene Ausdrücke verwendete. »Und was ist das?« fragte sie. »Schauen Sie sich die letzte Seite an. Das Testament ist bereits unterschrieben.«

»Das nennt man die Beglaubigung«, erklärte Henry. »Nach den Gesetzen des Staates New York müssen die Zeugen diese Seite ausfüllen. Sie bestätigt, daß das Testament in ihrer Gegenwart unterzeichnet wurde. Die Erblasserin, in diesem Fall Mrs. Bessie Durkin Maher, muß ebenfalls unterschreiben. Ohne dieses Dokument müßten die Zeugen am Tag der Testamentseröffnung vor Gericht erscheinen. Und bei schon vor langer Zeit abgefaßten Testamenten sind die Zeugen häufig verzogen oder verstorben.«

»Dann sehen Sie sich das an«, befahl Alvirah und hielt zwei Blätter Papier hoch. »Bessies Unterschrift auf dem Testament und diesem Ding, der Beglaubigung. Schauen Sie. Die Tinte ist unterschiedlich. Aber die beiden Unterschriften sind doch gleichzeitig geleistet worden, oder etwa nicht?«

Henry Brown musterte die beiden Unterschriften. »Das sind eindeutig zwei verschiedene Blautöne«, stellte er fest. »Aber vielleicht dachte Ihre Freundin Bessie, daß ihre erste Unterschrift, die allerdings gut leserlich ist, in zu blasser Tinte geschrieben wurde, und hat einen anderen Stift genommen. Daran ist nichts Ungesetzliches. Die Zeugen haben denselben Stift benutzt.«

»Die eine Unterschrift von Bessie ist ganz gerade, die andere zittrig. Kann es sein, daß sie die beiden Dokumente zu verschiedenen Zeitpunkten unterschrieben hat?« fragte Alvirah.

»Aber das wäre doch nicht legal!«

»Da bin ich ganz Ihrer Ansicht!«

»Nun, wenn Sie fertig sind, Mrs. Meehan ...« Henry beendete den Satz nicht.

Alvirah lächelte ihn an. »Nein, ich fürchte, das bin ich noch lange nicht. Ich kann Ihnen gar nicht sagen, wie dankbar ich Ihnen bin, weil Sie mir soviel Zeit geopfert haben. Und ich bin sicher, daß Sie einen Justizirrtum unter allen Umständen vermeiden wollen.«

Henry schmunzelte höflich. Wenn Leute enterbt werden, schreien sie immer gleich Justizirrtum, dachte er.

»Hören Sie, Henry«, fuhr Alvirah fort. »Ich darf Sie doch Henry nennen, oder? Sagen Sie einfach Alvirah zu mir.« Ohne abzuwarten, ob Henry mit diesem Freundschaftsangebot einverstanden war, sprach sie weiter: »Bessie hat geschworen, daß es sich bei dem vorhergehenden Testament um ihr letztes handelte. Und ich bin überzeugt, daß das hier eine Fälschung ist. Woher soll Bessie außerdem gewußt haben, wie man eine Beglaubigung formuliert? Können Sie mir das verraten?«

»Vielleicht hat sie jemanden gebeten, sie für sie zu schreiben. Oder jemand hat ihr ein Exemplar des Formulars gegeben«, erwiderte Henry geduldig. »Aber, Mrs. Meehan, Alvirah, meine ich … «, begann er.

»Schon gut«, unterbrach ihn Alvirah. »Mir ist klar, daß es kein Beweis ist, aber diese Unterschriften sind nicht identisch. Ich würde behaupten, daß Bessie diese Papiere nicht am selben Tag unterzeichnet hat.« Rasch suchte sie ihre Sachen zusammen. »Gut, Henry, ich danke Ihnen«, sagte sie und stürmte hinaus. Offenbar hatte sie noch eine Menge vor.

Alvirah ging schnurstracks zum Maklerbüro von James und Eileen Gordon. Sie hatte einen Termin, um eine Eigentumswohnung am Central Park West zu besichtigen, laut Eileen Gordon »ein Schnäppchen für nur zwei Millionen Dollar.«

Alvirah täuschte Interesse an der Wohnung vor. Nachdem Eileen wieder einmal überschwenglich die schöne Aussicht gelobt hatte – die allerdings etwas eingeschränkt war, da sich die Wohnung im ersten Stock befand und hohe Bäume vor den Fenstern wuchsen –, gelang es Alvirah endlich, Bessies Testament zur Sprache zu bringen.

»Ach ja, die liebe alte Dame hat beide Papiere unterschrieben«, sagte Eileen. Sie riß ihre Kulleraugen auf und lächelte wehmütig, als sie sich erinnerte. »Da bin ich mir ganz sicher. Natürlich wurde sie rasch müde, und deshalb ist die zweite Unterschrift wohl ein wenig wackelig geraten. Ich habe nicht bemerkt, daß sie den Stift gewechselt hat. Vielleicht habe ich mich gerade im Zimmer umgesehen. Das Haus ist ja in einem ausgezeichneten Zustand. Ein paar Kleinigkeiten, wie beispielsweise die Wohnzimmertür, müßten repariert werden, aber das sind nur Kinkerlitzchen. Angesichts der derzeitigen Immobilienpreise könnte ich das Haus leicht für drei Millionen verkaufen.«

Diesmal hast du ausnahmsweise recht, dachte Alvirah, als sie enttäuscht das Mikrophon in ihrer Brosche abschaltete.

24

Dieser Lenny Centino ist nicht so dumm wie er aussieht«, sagte der verdeckte Ermittler Roberto Pagano am Mittwochabend zu seinem Vorgesetzten Joe Tracy. Die beiden hatten sich an ihrem üblichen Treffpunkt verabredet. »Seit dem ersten Abend hat er nicht mehr mit seinen Lieferungen für die sogenannte Computerfirma angegeben und auch sonst nichts erzählt, woraus wir ihm einen Strick drehen könnten. Wahrscheinlich hatte er damals ein paar Bierchen zuviel intus, sonst hätte er überhaupt nicht geredet.«

»Und ein gerissener Anwalt würde jede Anklage abschmettern«, überlegte Joe laut. »Deshalb drücke ich die Däumchen, daß er sich nicht aus dem Deal zurückzieht, der am Montagabend laufen soll.«

»Das glaube ich nicht«, beruhigte ihn Pagano. »Wenn mich mein Riecher nicht täuscht, hat Lenny vor, danach die Fliege zu machen. Ich denke, er weiß, daß es für die Drogenhändler in der Upper West Side heutzutage immer enger wird. Er will am Montag noch mal so richtig absahnen und sich dann verdrücken.«

»Das kann er sich abschminken. Wir werden ihn schnappen«, erwiderte Tracy. »Wenn Lenny die Sache durchzieht, erwischen wir ihn in flagranti. Aber was ist, wenn er die Hosen vollhat und vorher verschwindet?« Da fiel Tracy noch etwas ein. »In den letzten Tagen hat er seine Tochter öfter von der Kindertagesstätte abgeholt. Wie kommt es, daß er auf einmal den treusorgenden Vater spielt?«

»Vielleicht will er sichergehen, daß sie ihn nicht vergißt, sobald er sich aus dem Staub gemacht hat«, meinte Pagano achselzuckend. »Ich kann mir nicht vorstellen, daß er eine Siebenjährige auf die Flucht mitnehmen wird.«

»Ich denke, soviel steht fest«, stimmte Tracy zu.

25

Die Generalprobe fürs Krippenspiel sollte am Freitagnachmittag stattfinden. Lenny hatte sich fest vorgenommen zu kommen. Schwester Cordelia und Schwester Maeve Marie hatte er erklärt, er müsse am Montagnachmittag während der Aufführung arbeiten und wolle sich die einzige Gelegenheit nicht entgehen lassen, seine Tochter als heilige Maria zu sehen.

Lenny setzte sein allerbestes charmantes Lächeln auf und sagte, Stellinas Nonna sei sehr krank. Doch er werde immer für sein kleines Mädchen da sein. »Du und ich gegen den Rest der Welt, was, Star?« fragte er und zauste ihr die schulterlange Wuschelmähne. »Ich werde sogar lernen, deine wunderschönen Haare zu bürsten.« Wieder lächelte er die beiden Ordensschwestern an. »Nonna kommt nicht mehr so gut mit der Haarspange zurecht.«

Die Frauen nickten mit eisiger Miene. Dann wandte Schwester Cordelia sich ab und klatschte in die Hände. »Also los Kinder, auf eure Plätze. Die

Generalprobe fängt an. Ach, da bist du ja, Willy. Ich dachte schon, du hättest uns vergessen.«

Willy und Alvirah kamen gerade die Treppe hinauf. Willy grinste seine Schwester reumütig an. »Cordelia, in einer Woche haben wir Weihnachten. Auch wenn du es mir nicht glaubst, ich mußte noch einige Einkäufe erledigen.«

»Und ich habe gerade meine letzte Besichtigungstour mit den Gordons hinter mir«, meinte Alvirah. »Sie haben mich mehr oder weniger rausgeworfen. Sie sagten, sie hätten den Eindruck, daß ich mich in nächster Zeit nicht entscheiden würde. Und dann haben sie mir die Namen einiger ihrer Kollegen geben. Falls ich den Rest meines Lebens mit der Wohnungssuche verbringen wolle, könne ich ja die anrufen.«

»Dann müssen wir uns eben damit abfinden, daß der liebe Gott nicht an einer Weiterführung der Tagesstätte nach dem 1. Januar interessiert ist«, entgegnete Schwester Cordelia. »Du darfst dir keine Vorwürfe machen, Alvirah. Du hast alles Menschenmögliche unternommen, um zu beweisen, daß Bessies Testament eine Fälschung ist.« Unvermittelt wandte sie sich ab. »Und jetzt fangen wir mit der Probe an.« Sie drehte sich noch einmal zu Alvirah um, senkte die Stimme und wies mit dem Kopf fast unmerklich auf Lenny. »Dieser Kerl da ist Stellinas Vater. Setz dich neben ihn. Da er einen guten Eindruck auf uns machen will, wird er bestimmt ein Gespräch mit dir anknüpfen. Mich würde interessieren, was du von ihm hältst. Ich glaube, er führt etwas im Schilde.«

Schwester Cordelia behielt recht. Lenny redete, und zwar die ganze Probe lang. Unterbrochen von lautstarken und unangebrachten Bemerkungen, wie niedlich doch die Kinder seien, erzählte er, er habe einen guten Job im Mittleren Westen nur aus Sehnsucht nach Star aufgegeben. Doch er könne sie seiner geliebten Tante nicht wegnehmen. Seinem Redeschwall entnahm Alvirah, er habe ein hübsches irisches Mädchen geheiratet, das Stars Mutter sei.

»Sie hieß Rose O'Grady. Wir haben so gerne zusammen getanzt. Ich habe die Band gebeten ›Sweet Rosie O'Grady‹ zu spielen, wenn wir miteinander ausgingen, und dann habe ich ihr das Lied ins Ohr gesungen.«

»Was ist mit ihr passiert?« fragte Alvirah.

»Darüber spreche ich nicht gern. Sie hat eine Wochenbettdepression bekommen, und es wurde so schlimm, daß wir sie in die Klinik bringen mußten. Dann ...« Lennys Stimme erstarb. »Sie haben sie nicht sorgfältig genug beaufsichtigt.« Die letzten Worte sagte er mit einem theatralischen Flüstern.

Selbstmord, dachte Alvirah. »Ach, das tut mir so leid«, erwiderte sie, aufrichtig erschüttert.

»Nonna hat Star erzählt, ihre Mama sei krank und habe weit wegfahren müssen, und wir würden wahrscheinlich nichts mehr von ihr hören. Ich denke, wir hätten ihr von Anfang an sagen müssen, daß ihre Mutter tot ist, aber Nonna meint, wir sollten damit noch warten.« Lenny war zufrieden mit seiner gelungenen Geschichte.

Während der Probe kam es nur zu einem kleinen Zwischenfall, als Rajid, der dritte heilige König, den Krug mit der Myrrhe fallenließ. »Schon gut, Rajid«, rief Schwester Cordelia, als sie sah, daß der Junge Tränen in den Augen hatte. Schwester Maeve Marie sammelte rasch die Scherben auf. »Das war doch nur ein kleiner Unfall. Kein Problem. Macht einfach weiter.«

Willy ging zum Klavier. Es war Zeit für das Abschlußlied. »Stille Nacht, heilige Nacht«, spielte er und sang leise.

Stellina und Jerry, die vor der Krippe knieten, blickten auf und erhoben ihre klaren, reinen Kinderstimmen. »Alles schläft, einsam wacht ...«

»Ein hübsches Lied«, sagte Lenny. »Es erinnert mich ... «

»Pssst!« Mein Gott, kann er nicht einmal lange genug ruhig sein, um seinem eigenen Kind zuzuhören? dachte Alvirah ärgerlich. Wie gerne hätte sie eine Rolle Isolierband bei sich gehabt, um ihm den Mund zuzukleben. Sie bemerkte, wie Stellina kurz zu ihm hinübersah, als er sprach, doch dann wandte sie, offenbar peinlich berührt, den Blick ab.

Sogar die Kleine merkt schon, wie unmöglich ihr Vater sich aufführt, überlegte Alvirah. Das arme Kind. Heute sieht sie wirklich ein wenig zerrauft aus. Ihr Haar ist ganz verfilzt. Normalerweise ist sie doch so ordentlich frisiert.

Zerrauft, aber trotzdem wunderschön: das lokkige, dunkelblonde, fast taillenlange Haar, die zarte Haut und die beeindruckenden braunen Augen. Sie wirkte so ernst und viel zu erwachsen. Warum hatten manche Kinder nur soviel Pech im Leben?

Nach der Probe klatschte Lenny laut in die Hände. »Spitze!« rief er. »Wirklich toll! Star, dein Daddy ist sehr stolz auf dich!«

Stellina lief rot an, drehte den Kopf weg und senkte den Blick. »Dein Daddy ist sehr stolz auf dich«, äffte Jerry Lenny nach. »Du bist ja so eine süße, kleine Maria. Ha, ha, ha.«

»Es ist noch nicht zu spät, sich einen neuen Joseph zu suchen«, warnte Schwester Cordelia den Jungen. »Und vergeßt nicht, eure Kostüme am Montag in die Schule mitzubringen, Kinder. Ihr könnt euch hier umziehen.«

»Ich hole Star von der Schule ab, damit sie ihr Kostüm zu Hause anziehen kann«, sagte Lenny zu Alvirah. »Ihre Nonna ist zu krank, um zum Krippenspiel zu kommen, aber sie möchte sie so gern in ihrem Kostüm sehen. Dann muß ich zur Arbeit.«

Alvirah nickte geistesabwesend. Ihre Aufmerksamkeit galt Cordelia, die gerade die Geschenke der heiligen drei Könige einsammelte. Die in Goldfolie gewickelten Schokoladentaler wirkten wirklich wie Goldstücke. Die bemalte Schüssel, die Cordelia zur Aufbewahrung des Weihrauchs aus dem Kloster mitgebracht hatte, sah sehr hübsch aus. Ich werde ihnen einen neuen Krug stiften, um den zerbrochenen zu ersetzen, beschloß Alvirah. Dann bemerkte sie, daß Stellina Cordelias Hand ergriff und sie beiseitenahm.

»Warum so geheimnisvoll?« fragte Lenny, offenbar erschrocken.

»Ach, ich denke, es hat nichts zu bedeuten«, wandte Alvirah rasch ein. »Soweit ich weiß, wünscht Stellina sich, daß Schwester Cordelia und Schwester Maeve Marie für ihre Nonna beten.«

»Ja, ja«, meinte Lenny nach einer Weile. »Das muß es wohl sein.«

Lenny war zufrieden mit dem guten Eindruck, den er auf der Probe gemacht zu haben glaubte. Nachdem er lautstark verkündet hatte, er werde jetzt seine Tochter zum Essen ausführen, ging er mit ihr hinaus. »Da Nonna sich jetzt nicht mehr ums Essen kümmern kann, werde ich mir ein Kochbuch besorgen müssen«, meinte er noch zum Abschied.

Auf dem Weg zu McDonald's wollte er von Star wissen, was sie die Schwester gefragt hatte – sollte sie für Nonna beten?

»Darum bitte ich sie jeden Tag«, erwiderte Stellina leise. Sie wußte genau, daß Daddy gar nicht zufrieden sein würde, wenn er erfuhr, worüber sie wirklich mit der Schwester gesprochen hatte. Falls Nonna es ihr erlaubte, wollte sie den Silberkelch mitbringen, der früher ihrem Großonkel gehört hatte. Dann konnte Rajid ihn anstelle des zerbrochenen Kruges beim Krippenspiel benutzen.

Zu ihrer Freude war die Schwester einverstanden gewesen. Star war sicher, Nonna würde es ihr gestatten, wenn sie nur lange genug bettelte. Und während Rajid den Kelch neben die Krippe stellt, werde ich beten, daß meine Mutter mich nur ein einziges Mal besuchen kommt, falls sie noch nicht im Himmel ist, sagte sie sich.

Dieser Wunsch und diese Hoffnung beschäftigten sie mittlerweile ständig. Star glaubte fest daran, daß ihr Gebet erhört werden würde, wenn sie den Kelch dem Christkind als Geschenk darbrachte.

Sie würde ihre Mutter endlich sehen.

26

Peter Lewis, Sondras Großvater, traf am Mittwochnachmittag ein. Sondra war gleichzeitig erleichtert und enttäuscht, daß Gary ihn nicht begleitet hatte. »Er kommt zum Konzert«, sagte der alte Herr. »Aber er ist sehr beschäftigt und konnte sich nicht freinehmen. Außerdem weiß er genau, daß man einen Künstler in den Tagen vor einem großen Konzert mit seiner Musik alleinlassen muß und ihn nicht ablenken darf.«

Sondra war klar, worauf ihr Großvater anspielte: Gary Willis liebte die Musik von ganzem Herzen und es war ihm klar, unter welchem Druck ein Musiker häufig stand.

»Ich bin froh, daß er Geduld hat«, erwiderte sie. »Hauptsache, du bist hier, Großvater. Du siehst prima aus.« Es war eine unerwartete Freude, daß ihr Großvater sich so guter Gesundheit erfreute. Seine Handgelenke und Finger waren zwar durch die Arthritis geschwollen, doch seit der Bypass-Operation hatte sein Gesicht wieder Farbe und er machte einen kräftigeren Eindruck. Sondra hatte schon befürchtet, daß er sich wegen seines hohen Alters nicht mehr erholen würde.

Als sie ihm sagte, er habe sich für sein Alter gut gehalten, antwortete er: »Danke, Sondra, aber mit fünfundsiebzig gilt man heutzutage noch nicht als Tattergreis. Eine ungestörte Blutzufuhr zum Herzen wirkt wahre Wunder, obwohl ich dir nicht wünsche, daß du diese Erfahrung einmal am eigenen Leibe machen mußt.«

Sondra versuchte, sich selbst Mut zuzusprechen. Wahrscheinlich wird er es verkraften, wenn ich ihm von dem Baby erzähle – und davon, was ich nach dem Konzert vorhabe. Aber schon beim bloßen Gedanken erbleichte sie.

»Ich finde, du siehst mager und blaß aus«, meinte ihr Großvater. »Stimmt etwas nicht, oder ist das nur das übliche Lampenfieber? Wenn ja, bin ich enttäuscht. Ich dachte, das hätte ich dir ausgetrieben.«

Sie wich der Frage aus. »Opa, schließlich werde ich in der Carnegie Hall auftreten«, entgegnete sie. »Das ist etwas anderes.«

Am Donnerstag und am Freitag besuchte er alte Freunde, während sie mit ihrem New Yorker Lehrer übte.

Am Freitag beim Abendessen berichtete er von seinem Besuch in St. Clement, wo er erfahren hatte, daß Bischof Santoris Kelch gestohlen worden war. »Offenbar wurde in derselben Nacht dort ein Baby ausgesetzt«, sagte er, während er, konzentriert wie immer, die Speisekarte studierte. »Das stand zumindest in der Zeitung.« Er bestellte gegrillte Seezunge und einen Salat und blickte Sondra dann forschend an. »Wenn ich dich schon ins Le Cirque 2000 ausführe, mein Kind, könntest du wenigstens so tun, als würde dich die Speisekarte interessieren.«

Als er ihr am nächsten Tag beim Üben zuhörte, bemerkte sie die Enttäuschung in seinen Augen. Die Beethovensonate, die sie übte, klang zwar technisch perfekt, doch es fehlten ihr Feuer und Leidenschaft. Sondra wußte, daß das auch ihrem Großvater aufgefallen war.

Als sie fertig war, zuckte er die Achseln. »Deine Technik ist großartig. Aber du hast dich schon immer gescheut, dich ganz in deine Musik einzubringen. Ich kann mir nicht vorstellen, warum. Und heute hast du dich ganz und gar zurückgehalten.« Er musterte sie streng. »Wenn du so weitermachst, Sondra, wirst du im Handumdrehen wieder von der Konzertbühne verschwunden sein.« Er schnippte mit den Fingern. »Was hast du bloß? Du weist den Mann zurück, der dich liebt und den du meiner Ansicht nach auch gern hast. Und du lehnst mich ab. Ich weiß zwar nicht, warum, doch ich spüre es schon seit Jahren. Bist du denn völlig gefühllos?«

Wieder zuckte er die Achseln, machte traurig kehrt und ging in Richtung Tür.

»Ich bin die Mutter des Babys, das vor St. Clement ausgesetzt wurde!« rief sie ihm nach. Die Worte hallten im Probenraum wider.

Er blieb stehen, drehte sich um und sah seine Enkelin ungläubig und erschrocken an.

Mit unbewegter Miene und tonloser Stimme erzählte Sondra ihm alles, was geschehen war. Es sprudelte nur so aus ihr hervor.

Danach herrschte lange Schweigen. Schließlich nickte der Großvater. »Das ist es also. Und in gewisser Weise gibst du mir die Schuld daran, daß du dein Kind ausgesetzt hast. Vielleicht hast du recht, aber das spielt jetzt keine Rolle. Wir werden Himmel und Erde in Bewegung setzen, um die Kleine zu finden. Am besten sagen wir es Gary. Er hat ausgezeichnete Kontakte. Wenn er dich deshalb verurteilt, hat er dich nicht verdient. Und jetzt« – er drückte Sondra ihre Geige in die Hand – »spielst du mit deinem ganzen Herzen für das Kind, das du suchst.«

Sondra klemmte sich die Geige unters Kinn und griff nach dem Bogen. Vor ihrem geistigen Auge sah sie ihr Kind. Hatte es blondes Haar wie sie selbst oder dunkles, seidenweiches wie sein Vater? Waren seine Augen noch immer blau, braun wie ihre oder dunkel wie seine? Sie hatte diesen Mann nur kurz gekannt, und er war nur auf ein flüchtiges Abenteuer ausgewesen. Doch er war der Vater ihres Kindes. Meine Tochter wird sein wie ich, dachte Sondra. Sie wird aussehen wie ich in ihrem Alter.

Sie ist jetzt sieben. Sicher ist sie musikalisch, überlegte Sondra weiter, während sie mit dem Bogen über die Saiten strich. Ich kann sie mir noch immer nicht richtig vorstellen, sie ist für mich wie ein Schatten in der Ferne. Aber ich höre ihre Schritte, ich spüre ihre Gegenwart, und sie ahnt, wie sehr ich mich nach ihr sehne. Sondra vergaß ihren Großvater und begann zu spielen.

Ich habe ihr nie einen Namen gegeben, sagte sie sich. Wie hätte ich sie genannt? Wie nenne ich sie in meinem Herzen? Beim Spielen grübelte sie über der Antwort nach, fand sie jedoch nicht.

Als die letzten Töne verklangen, schwieg ihr Großvater und nickte schließlich. »Jetzt wirst du eine wirkliche Musikerin. Du hältst dich zwar noch immer zurück, aber es war schon viel besser. Sicher wird man dich um eine Zugabe bitten. Was hast du ausgesucht?«

Sondra antwortete, ohne zuvor überlegt zu haben. »Ein schlichtes Weihnachtslied«, sagte sie. »Stille Nacht«.

27

Am Sonntagmorgen besuchten Alvirah und Willy die Messe in St. Clement. Kate Durkin war auch da und bestand nach dem Gottesdienst darauf, die Meehans zum Kaffee einzuladen.

Als sie zu Kates Haus kamen, wollten die Bakers gerade ausgehen. »Linda und ich kaufen uns die Morgenzeitungen«, sagte Vic freundlich. »Wir brüten so gern über dem Kreuzworträtsel in der *Sunday Times.*«

»Ich kannte einmal einen Mann, der behauptete, er könnte es jede Woche vollständig lösen. Aber als ihm jemand zufällig über die Schulter sah, stellte er fest, daß der Mann nur Unsinn in die Kästchen eintrug, um fertigzuwerden«, sagte Willy. »War das vielleicht ein Freund von Ihnen?«

Bakers Lächeln gefror. Linda zuckte die Achseln und zupfte ihn am Ärmel. »Komm, Liebling«, flehte sie.

»Wie ich sehe, hat er die schwarze Krawatte schon weggepackt«, stellte Willy fest, als er den beiden nachblickte. Sie gingen Arm in Arm die Straße entlang.

»Ein Wunder, daß sie sich mit diesen hohen Absätzen nicht den Hals bricht«, meinte Alvirah. »Auf dem Bürgersteig sind überall Eispfützen.«

»Glaub mir, die fällt nicht hin«, sagte Kate. »Sie ist ein echter Profi, sie trägt nur hohe Hacken.« Sie schloß die Tür auf. »Kommt rein. Dieser Wind geht einem ja durch Mark und Bein.«

»Trinken wir den Kaffee im Wohnzimmer«, schlug sie dann vor, nachdem alle ihre Mäntel ausgezogen hatten. »Ich habe heute morgen den Kamin angezündet, und es ist warm und gemütlich dort. Bessie saß so gerne nach der Sonntagsmesse im Wohnzimmer, trank Kaffee und aß meinen selbstgebackenen Streuselkuchen.«

Kate lehnte ab, als Alvirah ihr Hilfe beim Tischdecken anbot. »Es sind doch nur ein paar Tassen und Teller! Du läufst dir meinetwegen schon die ganze Woche die Füße wund. Setz dich einfach hin.«

»Ich hatte dieses Zimmer schon immer gern«, meinte Willy, während er sich in dem tiefen Ledersessel, Richter Aloysius Mahers bestem Stück, niederließ. Das Portrait des Richters in seiner Robe, das über dem Kamin hing, blickte wohlwollend auf sie hinab.

»Wirklich ein schöner Raum«, stellte Alvirah fest. »So hohe Decken und verzierte Kamine wie dieser hier sind heutzutage selten geworden. Echte Handwerksarbeit. Ich kann den Gedanken nicht ertragen, daß die arme Kate nicht ihren Lebensabend hier verbringen soll.« Seufzend drehte sie sich um. »Nun, Bessie wird sicher nichts dagegenhaben, wenn ich mich in ihren Lieblingssessel setze. Ich weiß noch, wie sie hier saß, die Füße auf einem Schemel, und sich ihre Seifenopern ansah. Wer wagte, sie dabei zu stören, hatte sein Leben verwirkt. Und dennoch hat sie sich kurz vor ihrem Tod hinter Kates Rükken nach oben geschlichen und ihre Schwester gewissermaßen aus dem Haus geworfen. Das bedeutet doch, daß sie an ihrem letzten Tag auf Erden mindestens eine ihrer geliebten Serien versäumt hat.«

»Vielleicht bringen sie im Himmel ja die Wiederholungen, dann ist sie gleich wieder auf dem neuesten Stand«, witzelte Willy.

Kate kam mit einem Tablett herein und stellte es auf den Couchtisch. »Ach, Willy,«, sagte sie. »Könntest du bitte die Tür schließen. Sicher kommen die beiden Turteltäubchen bald zurück, und ich möchte nicht, daß sie uns stören.«

»Mit Vergnügen, Kate«, brummte Willy und stand auf.

Natürlich kam das Gespräch von den Bakers bald auf Bessies Testament. Ganz automatisch schaltete Alvirah das Mikrophon in ihrer Brosche ein.

»Bessie hat zum Schreiben immer den Füllfederhalter des Richters benützt«, erwiderte Kate, als Alvirah erwähnte, daß das Testament und die Beglaubigung mit verschiedenfarbiger Tinte unterschrieben worden waren. »Andererseits hat sie in den letzten Tagen viele merkwürdige Dinge getan.«

»Was ist mit ihrer Schreibmaschine?« fragte Alvirah. »Hat sie nicht beim Erntedankfest darüber geredet?«

»Ich weiß nicht mehr genau«, murmelte Kate.

»Und wie schlecht waren ihre Augen geworden?« hakte Alvirah nach. »Ihre Brille hatte doch Zweistärkengläser zum Lesen und zum Weitsehen. Allerdings war ihr die Lesebrille zu schwach geworden. Sie mußte sich das Geschriebene dicht vor die Augen halten, um etwas zu erkennen. Vielleicht hat sie die Papiere unterschrieben, weil sie dachte, es handle sich um einen Lieferschein für Farbe, Lack oder Werkzeug. Einmal war ich dabei, als Baker ihr eine solche Quittung vorlegte. Er hat ihr zum Unterschreiben seinen Stift gegeben.«

»Diese Vermutung wird dich vor Gericht nicht weit bringen«, stellte Willy fest. »Kate, für ein Stück von deinem Streuselkuchen würde ich bis ans Ende der Welt gehen.«

Kate schmunzelte. »Das brauchst du nicht, er steht genau vor deiner Nase. Bessie hat ihn auch so gerne gegessen. Sie hat gesagt, nach ihrem Tod soll ich am Sonntagmorgen immer ein Stück für sie auf einen Teller legen und hier auf den Tisch stellen. Sie hat mir gedroht, mir ansonsten als Geist zu erscheinen.«

Und dann tauchten die Bakers auf der Bildfläche auf, dachte Alvirah. Sie hörte, wie die Eingangstür aufgeschlossen wurde. »Die Erben sind zurück«, murmelte sie und stellte zu ihrer Bestürzung fest, daß sich die Wohnzimmertür öffnete. Vic und Linda Baker standen lächelnd auf der Schwelle.

»Ein kleiner Imbiß am Morgen«, sagte Vic in seinem üblichen leutseligen Ton. »In England nennt man ihn *elevensies*, weil er immer um punkt elf Uhr eingenommen wird.« Er trat ins Zimmer. »Der Streuselkuchen sieht aber köstlich aus, Kate.«

»Das ist er auch«, entgegnete Alvirah frostig. »Haben Sie die Tür für Bessie repariert, Mr. Baker?«

»Ganz richtig.«

»Läßt sie sich seitdem so einfach aufschieben?«

»Ich glaube, ich muß noch einmal daran arbeiten.« Offenbar war ihm das Thema unangenehm, denn er wandte sich zum Gehen. »So, ich setze mich jetzt an mein Kreuzworträtsel.«

Sie warteten, bis Vics schwere Schritte und das laute Klappern von Lindas Absätzen nicht mehr zu hören waren. »Dieser Kerl merkt wohl nicht, wenn er unerwünscht ist«, meinte Willy.

»Noch schlimmer als das«, erwiderte Kate. »Er will wissen, worüber wir reden. Gott sei Dank, daß ich fast mit dem Ausräumen von Bessies Zimmer fertig bin. Ständig drückt er sich herum, wenn ich dort oben die Sachen sortiere.« Sie runzelte die Stirn. »Jetzt fällt mir wieder ein, was mit der Schreibmaschine los war, Alvirah. Die Leertaste muß repariert werden. Wenn man nicht ganz langsam tippt, springt sie. Die ganze Zeit sehe ich mir schon die Schreibmaschine in Bessies Zimmer an und überlege, was Bessie am Erntedankfest darüber gesagt hat.«

Alvirah leerte ihre Tasse und lehnte höflich ein zweites Stück Streuselkuchen ab. »Kann ich mir die Schreibmaschine mal anschauen?« fragte sie.

In Bessies Schreibtisch entdeckten sie einige weiße Papierbögen. Alvirah legte einen davon in die Maschine ein und begann zu tippen. Jedesmal, wenn sie auf die Leertaste drückte, sprang der Wagen ein paar Stellen weiter, so daß sie ständig die Rücktaste benutzen mußte. »Wie lange ist die Schreibmaschine schon kaputt?«

»Mindestens seit dem Erntedankfest.«

»Das bedeutet, daß Bessie ihr Testament davor getippt und den Monsignore angelogen hat, als er sie einen Tag nach Erntedank besuchte. Oder sie hat es am Wochenende ganz langsam Wort für Wort geschrieben. Da ist doch irgendwas faul.«

»Aber es ist noch immer kein Beweis, Schatz«, wandte Willy ein. Er betrachtete den Kartonstapel an der Wand. »Kate, soll ich dir damit helfen?«

»Noch nicht. Ich suche noch etwas, das ich einpacken muß. Ich habe ein rosageblümtes Nachthemd von Bessie in die Wäsche getan, und jetzt ist es verschwunden. Es waren Puderspuren daran, und ich wollte es nicht schmutzig weggeben.« Sie senkte die Stimme und blickte sich verstohlen um. »Wenn Linda Baker sich nicht wie ein billiges Flittchen kleiden würde, könnte ich schwören, daß sie es getragen hat. Was haltet ihr davon?«

Am Nachmittag sah Willy sich Football im Fernsehen an. Die Giants spielten gegen die Steelers. Alvirah saß im Eßzimmer am Tisch, ging noch einmal die Tonbandaufzeichnungen der Gespräche über Bessies Testament und das Haus durch und machte sich Notizen. Plötzlich runzelte sie die Stirn, denn ihr war etwas aufgefallen.

Die beiden Mannschaften hatten Gleichstand, und das Spiel würde gleich zu Ende sein, als sie ausrief: »Ich glaube, jetzt hab ich es! Willy, Willy, paß mal auf. Hättest du Bessie als liebe alte Dame bezeichnet?«

»Nein, niemals«, antwortete Willy, ohne den Blick vom Bildschirm abzuwenden. »Nicht einmal an ihren guten Tagen.«

»Natürlich nicht. Denn sie war keine nette alte Dame, sondern eine starrsinnige, verbiesterte Schreckschraube. Und genau darum geht es. Jetzt bin ich tagelang mit den Gordons durch die Stadt gelaufen. Und dann komme ich hier am Eßtisch auf des Rätsels Lösung.«

Obwohl das Footballspiel nun doch noch spannend zu werden versprach, hörte Willy Alvirah aufmerksam zu. »Und wie lautet die, Schatz?«

»Die Gordons haben Bessie nie kennengelernt«, verkündete Alvirah triumphierend. »Sie waren Zeugen, wie eine andere Person das Testament unterschrieb. Vic und Linda haben ihnen eine Hochstaplerin als Bessie vorgestellt, während die echte Bessie unten vor dem Fernseher saß.«

Zwei Stunden später trafen Alvirah und Willy in Begleitung von Jim und Eileen Gordon bei Kate ein. Monsignore Ferris, Schwester Cordelia und Schwester Maeve Marie waren auch eingeladen, wußten aber ebensowenig wie Kate, was gespielt wurde.

»Was soll das, Alvirah?« fragte Cordelia.

»Warte es ab. Die Erben wollten doch auch kommen, oder?« erkundigte sich Alvirah.

»Die Bakers?« entgegnete Kate. »Ja, ich habe ihnen ausgerichtet, daß du eine Überraschung für sie hast.«

»Ausgezeichnet. Kate, diese netten Leute kennst du noch nicht. Das sind Jim und Eileen Gordon, die Zeugen waren, als Bessie das Testament unterschrieb – das glauben sie wenigstens.«

»Das glauben sie wenigstens?« wiederholte der Monsignore.

»Genau. Nun, Eileen, erzählen Sie uns, was an diesem Tag passiert ist«, forderte Alvirah die Immobilienmaklerin auf.

Eileen Gordons hübsches Gesicht wirkte ernst. »Wie Sie sicher noch wissen, haben wir mit Mr. Baker ein traumhaftes Doppelhaus in der 81. Straße West besichtigt. Das ist gleich gegenüber vom Museum und eines der schönsten Anwesen ... «

»Eileen«, unterbrach Alvirah sie bemüht freundlich. »Berichten Sie uns von dem Testament.«

»Ach ja, richtig. Mrs. Baker hatte angerufen, und als Mr. Baker und wir hier ankamen, bat sie uns, leise zu sein. Sie sagte, im Wohnzimmer säße eine alte

Dame vor dem Fernseher, die nicht gestört werden wolle. Die Tür war geschlossen. Also schlichen wir auf Zehenspitzen nach oben ins Schlafzimmer, wo Mrs. Maher uns erwartete.«

»Eine alte Dame im Wohnzimmer!« rief Kate ärgerlich aus. »Das war Bessie!«

»Und wer war die Frau im Schlafzimmer?« wollte Monsignore Ferris wissen.

Die Bakers kamen die Treppe hinunter. »Warum fragen wir Vic nicht selbst?« schlug Alvirah vor, als das Ehepaar ins Zimmer trat. »Vic, wer war denn die Dame, die Bessies rosageblümtes Nachthemd trug? Eine Schauspielerin? Eine Komplizin, die am Gewinn beteiligt ist?« Baker machte den Mund auf, doch Alvirah ließ ihn nicht zu Wort kommen. »Ich habe hier Fotos von Bessie, aufgenommen vor einigen Wochen beim Erntedankfest – hübsche Portraits.« Sie reichte den Gordons die Bilder. »Sagen Sie ihnen, was Sie mir eben erzählt haben.«

»Das ist eindeutig nicht die Dame, die an jenem Tag im Bett lag und die das Testament unterschrieben hat«, erwiderte Jim Gordon, nachdem er die Fotos betrachtet hatte.

»Es besteht zwar eine gewisse Ähnlichkeit, aber sie ist es auf keinen Fall«, stimmte Eileen Gordon zu und schüttelte heftig den Kopf.

»Sprechen Sie weiter, Eileen«, forderte Alvirah sie auf.

»Als wir nach unten kamen, war die Wohnzimmertür aufgegangen und wir konnten eine alte Dame in diesem Sessel sitzen sehen.« Eileen zeigte auf Bessies Sessel. »Sie hat sich nicht umgedreht, aber ich konnte ihr Profil gut erkennen. Es war die Dame auf Alvirahs Erntedank-Fotos.«

»Wollen Sie noch mehr hören, Vic, alter Junge?« fragte Willy. »Morgen wird Kate das Testament anfechten, und die Gordons werden ihre Geschichte erzählen. Dann dauert es nur noch ein paar Tage, bis man Ihnen wegen Ihrer Betrügereien den Prozeß macht.«

»Ich denke, es ist wohl besser, wenn wir ausziehen«, sagte Vic Baker höflich. »Kate, wir werden uns wegen dieses Mißverständnisses sofort verabschieden. Komm, Linda, wir packen.«

»Gut, daß wir Sie beide endlich los sind«, rief Alvirah ihnen nach. »Hoffentlich kommen Sie ins Gefängnis.«

»Sie hatten mich gebeten, Champagner mitzubringen«, meinte Monsignore Ferris ein paar Minuten später zu Alvirah, während er im Eßzimmer die Flasche entkorkte. »Jetzt weiß ich, warum.«

Schwester Cordelia und Kate konnten ihr Glück noch kaum fassen. »Nun verliere ich mein Zuhause nicht«, sagte Kate mit zitternder Stimme.

»Und ich muß meine Kinder nicht im Stich lassen«, jubelte Schwester Cordelia. »Gedankt sei Gott dem Herrn.«

»Und Alvirah«, fügte Schwester Maeve Marie hinzu und erhob ihr Glas.

Monsignore Ferris' Miene verdüsterte sich. »Wenn Sie doch nur das vermißte Baby und den gestohlenen Kelch des Bischofs zurückholen könnten, Alvirah.«

»Alvirahs Motto lautet, daß man nie aufgeben darf«, meinte Willy stolz. »Und ich würde jede Wette eingehen, daß sie das Rätsel auch diesmal löst.«

28

Wie versprochen holte Lenny Stellina am Montag von der Schule ab. »Star«, sagte er rasch. »Nonna hatte einen Schwächeanfall, und der Arzt mußte kommen. Sie haben einen Krankenwagen gerufen. Vielleicht muß sie eine Woche im Krankenhaus bleiben, doch sie wird wieder gesund, da bin ich ganz sicher.«

»Wirklich?« fragte Stellina und musterte ihn forschend.

»Da kannst du Gift drauf nehmen.«

Stellina rannte voraus. Als sie um die Ecke bog, sah sie, wie eine fahrbare Krankentrage aus dem Haus zum wartenden Krankenwagen geschoben wurde. Mit klopfendem Herzen lief sie darauf zu.

»Nonna, Nonna!« rief sie und streckte die Arme nach ihrer geliebten Großtante aus.

Lilly Maldonado zwang sich zu einem Lächeln. »Stellina, meinem Herz geht es gar nicht gut, aber sie werden mich wieder gesund machen, und dann komme ich nach Hause. Und jetzt wäschst du dir die Hände, kämmst dich und ziehst dein Marienkostüm an. Heute abend nach dem Krippenspiel bringt Daddy ein paar von deinen Sachen zu Mrs. Nuñez. Du wirst bei ihr wohnen, bis ich aus dem Krankenhaus entlassen werde.«

»Nonna«, flüsterte Stellina. »Rajid, der einen der heiligen drei Könige spielt, hat den Myrrhenkrug fallengelassen. Darf ich bitte den Kelch meiner Mutter zum Krippenspiel mitnehmen, damit er ihn statt dessen benutzen kann. Es war einmal ein heiliger Kelch. Du hast mir erzählt, er hätte Mutters Onkel, einem Priester, gehört. Bitte, ich verspreche dir, gut darauf aufzupassen.«

»Wir müssen los, Kleine«, sagte der Sanitäter und wollte Stellina am Arm von der Trage wegziehen. »Du kannst Nonna im St. Luke's Hospital besuchen. Das ist in der 113. Straße, nicht weit von hier.«

Tränen traten Stellina in die Augen. »Mein Gebet wird nur dann erhört werden, wenn ich den Kelch mitbringe, Nonna. Bitte, erlaub es mir.«

»Worum willst du denn beten, *bambina*?« fragte Lilly mit schleppender Stimme. Die Sanitäter hatten ihr ein Beruhigungsmittel verabreicht.

»Darum, daß meine Mutter zurückkommt«, antwortete das kleine Mädchen. Tränen liefen ihr die Wangen hinab.

»Ach, Stellina, *bambina*, wenn ich das nur noch erleben könnte. Ja, nimm den Kelch, aber gibt acht, daß Daddy es nicht merkt. Vielleicht verbietet er es dir.«

»Oh, Nonna, danke. Morgen besuche ich dich im Krankenhaus. Ehrenwort.«

Kurz darauf fuhr der Krankenwagen mit heulender Sirene davon.

»Star, wir müssen uns beeilen«, drängte Lenny, der jetzt hinterhergekommen war.

Die Tagesstätte war festlich mit einem Weihnachtsbaum und geschmückten Tannenzweigen dekoriert. Am Wochenende hatten freiwillige Helfer am Ende des großen Raums im oberen Stockwerk ein Podium aufgebaut, das als Bühne dienen sollte. Zu beiden Seiten der Bühne hing ein alter Samtvorhang. Für das Publikum standen Klappstühle bereit. Nun strömten die gutgelaunten Zuschauer – Eltern, Geschwister und Freunde der mitwirkenden Kinder – herein.

Alvirah war früher gekommen, um Cordelia und Maeve mit den Kostümen zu helfen. Nur durch finstere Drohungen gelang es Cordelia, die aufgeregten kleinen Schauspieler zu bändigen. Außerdem war Stellina noch nicht erschienen. Um zehn vor vier eilte sie in den Raum.

Alvirah nahm sie bei der Hand. »Hat deine Nonna dich in deinem Kostüm gesehen?« fragte sie, als sie den blauen Schleier auf Stellinas goldenem Lockenkopf zurechtzupfte.

»Nein. Man hat sie ins Krankenhaus gebracht«,

erwiderte Stellina leise. »Daddy hat mir versprochen, daß wir sie dort besuchen. Wird sie wieder gesund, Mrs. Meehan?«

»Ach, das hoffe ich, mein Kind. Aber wir werden uns um dich kümmern, während sie weg ist. Weißt du, welche Angst wir hatten, daß wir die Tagesstätte schließen müssen? Doch jetzt ist ein Wunder geschehen, und wir können weitermachen. Und das heißt, daß wir uns jeden Tag nach der Schule sehen.«

Stellina lächelte wehmütig. »Das ist aber schön. Ich bin so gerne hier.«

»Und jetzt lauf und stell dich neben den heiligen Joseph. Soll ich deine Tüte halten?« Alvirah griff nach der Einkaufstüte aus Plastik, die Stellina umklammert hielt.

»Nein, danke. Ich muß meinen Kelch Rajid geben. Schwester Cordelia hat mir erlaubt, ihn mitzubringen. Danke, Mrs. Meehan.«

Als sie zu den anderen Kindern hinüberrannte, blickte Alvirah ihr nach. Was ist nur mit diesem Kind? fragte sie sich. Sie erinnert mich an jemanden, aber an wen? Sie ging an ihren Platz.

Die Lichter wurden gelöscht, das Krippenspiel begann.

»Einfach großartig!« lautete das allgemeine Urteil, nachdem die letzten Töne von »Stille Nacht« verklungen waren und der Applaus einsetzte. Die Blitzlichter von Kameras leuchteten auf, denn die

Eltern wollten diesen Moment unbedingt festhalten. Alvirah zupfte Schwester Maeve Marie am Ärmel. »Maeve, ich brauche eine Nahaufnahme von Stellina«, flüsterte sie. »Oder besser gleich mehrere.«

»Selbstverständlich, Alvirah«, sagte Maeve. »Sie ist eine wundervolle Maria. Als sie sang, sind mir richtig die Tränen gekommen. Sie hat soviel Gefühl in die Worte gelegt.«

»Stimmt. Das Kind ist wirklich musikalisch.«

Ein plötzlicher Verdacht wurde für Alvirah immer mehr zur Gewißheit, doch sie wagte noch nicht, es zu glauben. Wir könnten versuchen, die Geburtsurkunde des Mädchens einzusehen, überlegte sie. Mein Gott, kann das wahr sein?

»Hier habe ich ein paar gute Aufnahmen von ihr«, meinte Maeve kurz darauf und hielt Alvirah mit spitzen Fingern eines der Polaroids hin. »Wenn sie fertig entwickelt sind, werden sie noch klarer. Und hier ist noch ein hübsches von ihr und Rajid. Er gibt ihr gerade ihren silbernen Becher zurück.«

Ihren silbernen Becher? Nein, ihren Kelch! schoß es Alvirah durch den Kopf. Kann sein, daß du dich irrst, hielt sie sich vor Augen. Möglicherweise hast du dich in etwas hineingesteigert. Doch wenigstens eines konnte sie sofort nachprüfen. »Maeve, wenn Sie noch einen Film in der Kamera haben, machen Sie bitte ein paar Fotos von dem Kelch«, sagte sie. »Bitten Sie Stellina, ihn hochzuhalten.«

»Komm schon, Alvirah« rief Willy. »Du mußt mir helfen, die Geschenke an die Kinder zu verteilen.«

»Maeve, machen Sie die Fotos und heben Sie sie für mich auf«, meinte Alvirah. »Niemand sonst soll sie sehen.«

Sie eilte zu Willy hinüber. Die Geschenke lagen auf einem Tisch hinter ihr. »Gut, lieber Nikolaus, das hier ist für José«, verkündete sie fröhlich, während der kleine Junge aufgeregt die Hände ausstreckte.

Willy legte den Arm um ihn. »Warte, José. Schwester Maeve macht noch ein Foto von uns.«

Alvirah brannte darauf, loszustürmen und ihrem Verdacht nachzugehen, aber es spielte zeitlich keine Rolle, ob sie die Geschenke selbst verteilte oder sich auf die Suche nach einer Vertretung machte.

In der Zwischenzeit waren Schwester Cordelia und ihre Helferinnen damit beschäftigt, Süßigkeiten und Limonade auszugeben. Einige Gäste waren schon im Gehen, und Alvirah stellte bedauernd fest, daß Mrs. Nuñez sich anschickte, sich mit Jerry und Stellina auf den Weg zu machen.

Sie rief Gracie zu sich. »Wohin bringen Sie Stellina?« fragte sie.

»Zuerst nach Hause«, erklärte Gracie. »Ihr Daddy liefert sie dann später bei mir ab, damit sie bei uns übernachtet. Er sagt, er will nach der Arbeit zuerst mit ihr essen gehen. Ich muß noch zu meiner Schwester, aber er hat mir versprochen, pünktlich zu sein. Die Kleine soll sich solange in der Wohnung einschließen, das kannst du doch, nicht wahr, Stellina?«

»Natürlich. Hoffentlich weiß er, wie es Nonna geht«, erwiderte Stellina ernst.

Zehn Minuten später waren alle Geschenke verteilt und alle Fotos gemacht. Alvirah eilte zu Schwester Maeve Marie, um die Fotos zu holen. Dann griff sie nach ihrem Mantel.

»Was ist los?« fragte Willy. Seine Stimme wurde durch den wolligen Nikolausbart gedämpft.

»Ich werde Monsignore Tom ein paar Fotos zeigen«, rief sie, während sie schon zur Tür rannte. »Wir treffen uns dort.«

Der Monsignore war ausgegangen, wurde aber bald zurückerwartet. Ungeduldig lief Alvirah im Wohnzimmer des Pfarrhauses auf und ab. Nach einer halben Stunde trafen Willy und der Monsignore gemeinsam ein. Der Monsignore lächelte. »Was für eine nette Überraschung, Alvirah«, sagte er.

Alvirah kam sofort auf den Punkt und reichte ihm die Fotos. »Monsignore Tom, sehen Sie sich das an.«

Er betrachtete das Foto, auf dem Stellina beim Krippenspiel den Kelch von Rajid entgegennahm. Dann musterte er die Nahaufnahmen von dem Kelch, die Schwester Maeve Marie gemacht hatte.

»Alvirah«, meinte er dann leise. »Ist Ihnen klar, was das darstellt?«

»Ich glaube, es handelt sich um Bischof Santoris Kelch. Und wissen Sie, wer das kleine Mädchen ist?«

Er schwieg abwartend.

»Meiner Ansicht nach war sie das Baby, das vor der Tür des Pfarrhauses ausgesetzt wurde, und zwar in derselben Nacht, in der jemand den Kelch gestohlen hat.«

29

Gracie Nuñez begleitete Stellina zur Tür der Wohnung, die sie mit Nonna und ihrem Daddy teilte. Fürsorglich wartete sie, bis das kleine Mädchen hineingegangen war und von innen abgeschlossen hatte. »Bis später, mein Kind!« verabschiedete sie sich. Sie war sicher, daß Stellina keinem Fremden aufmachen würde.

In der Wohnung war es still und dunkel. Stellina bemerkte den Unterschied sofort. Ohne Nonna fühlte sie sich hier fremd und einsam. Sie schaltete alle Lichter ein, damit die Wohnung ein wenig freundlicher wirkte. Dann ging sie in Nonnas Zimmer, um das Marienkostüm auszuziehen, beschloß aber, es doch anzubehalten. Nonna hatte sie in dem Kostüm sehen wollen, und sie hoffte, ihr Daddy würde mit ihr ins Krankenhaus gehen.

Stellina nahm den Kelch aus der Einkaufstüte und setzte sich auf die Bettkante. Sie fühlte sich weniger allein, wenn sie den Kelch in der Hand hielt. Noch nie war Nonna nicht da gewesen, wenn sie nach Hause kam.

Um sieben hörte Stellina Schritte die Treppe hinaufpoltern. Bestimmt ist es nicht Daddy, dachte sie. Der rennt nie.

Aber dann klopfte es laut an der Tür. »Star, mach auf! Mach auf!« rief ihr Daddy verzweifelt.

Sobald Lenny das Schloß klicken hörte, drehte er den Knauf und stürmte in die Wohnung. Es war eine Falle gewesen, ein mieser Trick! Er hätte es wissen müssen, sagte er sich zornig. Dieser Neue in der Mannschaft war ein verdeckter Ermittler! Lenny hatte rasch Lunte gerochen und war nur mit knapper Not entkommen. Doch zweifellos wurde gerade die Stadt nach ihm durchkämmt, und ganz sicher würde man auch seine Wohnung überprüfen. Aber er hatte das Risiko eingehen müssen, noch einmal hierherzukommen – seine falschen Papiere und sein Geld befanden sich in der Tasche, die er am Nachmittag gepackt und hier deponiert hatte.

Er stürzte in sein Zimmer und zerrte die Tasche unter dem Bett hervor. Stellina folgte ihm. Sie blieb auf der Schwelle stehen und beobachtete ihn. Als Lenny sich umdrehte, bemerkte er, daß sie den Kelch in der Hand hielt. Sehr gut, dachte er. Das Ding hatte er ohnehin verschwinden lassen wollen, je früher desto besser.

»Komm, Star, gehen wir«, befahl er ihr. »Wir

hauen ab. Nimm nichts mit außer deinem Kelch.« Er wußte, daß es Wahnsinn war, das Kind mitzuschleppen, denn schließlich war ihm die Polizei auf den Fersen. Allerdings war sie sein Talisman, sein Glücksstern.

»Gehen wir jetzt Nonna besuchen, Daddy?«

»Später, morgen vielleicht. Ich habe gesagt, du sollst mitkommen. Wir müssen los.« Er packte sie an der Hand und zog sie aus der Wohnung.

Stellina hielt den Kelch fest umklammert und stolperte hinter ihm her. Ohne die Tür abzuschließen, rannten sie die Treppe hinunter. Eine Etage, zwei Etagen, drei Etagen, Stellina hatte Mühe, mit ihm Schritt zu halten.

Auf dem letzten Treppenabsatz vor dem Erdgeschoß blieb Lenny stehen und lauschte. Nichts, dachte er erleichtert. Das gestohlene Auto parkte gleich vor der Tür. Wenn er es erreichte, war er ein freier Mann.

Er hatte die Eingangshalle schon fast durchquert, als plötzlich die Vordertür aufgerissen wurde. Lenny zerrte Star vorwärts und tat so, als griffe er nach einer Pistole. »Wenn ihr schießt, ist es aus mit ihr!« brüllte er, doch es klang wenig überzeugend.

Joe Tracy leitete den Einsatz, und er hatte nicht vor, das Leben eines Kindes aufs Spiel zu setzen, auch wenn sich die Drohung noch so unglaubwürdig anhörte. »Alles zurück!« befahl er. »Laßt ihn gehen.«

Das Auto stand nur ein paar Meter entfernt vom Hauseingang. Hilflos mußte die Polizei zusehen, wie Lenny Star zum Wagen schleppte, die Fahrertür öffnete und seine Tasche hineinwarf. »Steig ein und rutsch durch«, drängte er. Er hatte zwar nicht vor, ihr auch nur ein Haar zu krümmen, aber das wußte die Polizei zum Glück nicht.

Star gehorchte. Doch als Lenny einstieg, die Wagentür zuknallte und ihre Hand losließ, um den Zündschlüssel umzudrehen, riß sie blitzartig die Beifahrertür auf und sprang aus dem Wagen. Ihren Kelch fest umklammert und mit wehendem Schleier rannte sie die Straße entlang, während die Polizei sich dem Wagen näherte.

Zehn Minuten später trafen Alvirah, Willy und Monsignore Ferris ein. Lenny saß, mit Handschellen gefesselt, hinten in einem Streifenwagen. Sie stiegen die Treppe zur Wohnung hinauf und stellten fest, daß Stellina und der Kelch verschwunden waren.

Im Wohnzimmer der Wohnung, wo Stellina in den vergangenen sieben Jahren gelebt hatte, erzählten sie Joe Tracy von dem Kelch und ihrer Vermutung, daß Stellina das vermißte Kind von St. Clement war.

Einer der Polizisten kam aus Lennys Zimmer. »Schau dir das mal an, Joe. Das klemmte zwischen Regalbrett und Wand im Kleiderschrank.«

Joe las den zerknitterten Brief und reichte ihn

dann Alvirah. »Sie ist das vermißte Kind, Mrs. Meehan«, sagte er. »Dieser Brief bestätigt es. Es ist die Nachricht, die die Mutter an der Babydecke befestigt hatte.«

»Ich muß telefonieren«, seufzte Alvirah erleichtert. »Allerdings erst, wenn wir Stellina gefunden haben.«

»Wir durchsuchen die ganze Stadt nach ihr«, erwiderte Tracy. Sein Mobiltelefon läutete. Er hörte zu und grinste dann übers ganze Gesicht. »Sie können anrufen«, meinte er zu Alvirah. »Die kleine Muttergottes wurde gerade aufgegriffen, als sie den ganzen Weg zum St. Luke's Hospital zu Fuß gehen wollte, um ihre Nonna zu besuchen.« Er sprach ins Telefon. »Bringt sie hin«, befahl er. »Wir treffen uns am Krankenhaus.« Er drehte sich zu Alvirah um, die gerade nach dem Telefon auf dem Beistelltisch griff. »Ich nehme an, Sie wollen sich mit der Mutter des Kindes in Verbindung setzen.«

»Ganz richtig.« Bitte, laß Sondra im Hotel sein, schickte Alvirah ein Stoßgebet zum Himmel.

»Ms. Lewis speist mit ihrem Großvater im Hotelrestaurant«, erklärte der Mann an der Rezeption. »Soll ich sie ausrufen lassen?«

Als Sondra am Apparat war, sagte Alvirah: »Besorgen Sie sich so schnell es geht ein Taxi und kommen Sie ins St. Luke's Hospital.«

Detective Tracy nahm ihr den Hörer aus der Hand. »Vergessen Sie das Taxi. Ich schicke Ihnen einen Streifenwagen, Ma'am. Es gibt da nämlich ein kleines Mädchen, das Sie sicher gern sehen möchten.«

Vierzig Minuten später standen Alvirah, Willy, Monsignore Ferris, Joe Tracy, Sondra und ihr Großvater vor Lillys Krankenzimmer auf der Herzstation.

»Sie ist da drin bei der Frau, die sie großgezogen hat«, flüsterte Alvirah. »Wir haben ihr noch nichts gesagt. Das müssen Sie tun.«

Bleich und am ganzen Leibe zitternd öffnete Sondra die Tür.

Stellina stand am Fuße des Bettes und wandte ihnen ihr Profil zu. Die gedämpfte Beleuchtung ließ ihr blondes Haar, das unter dem blauen Schleier hervorschimmerte, leuchten wie einen Heiligenschein.

»Nonna, wie schön, daß du aufgewacht bist. Ich bin so froh, daß es dir besser geht«, sagte sie. »Ein netter Polizist hat mich hergebracht. Ich wollte, daß du mich in meinem schönen Kleid siehst. Und schau, ich habe gut auf den Kelch meiner Mutter aufgepaßt.« Sie hielt den Silberkelch hoch. »Wie haben ihn beim Krippenspiel benutzt, und ich habe darum gebetet, daß meine Mutter wiederkommt. Glaubst du, der liebe Gott schickt sie zu mir?«

Sondra schluchzte auf. Sie lief auf ihre Tochter zu, ging in die Knie und schloß sie in die Arme.

Alvirah machte die Tür von außen zu. »Es gibt Augenblicke, in denen man keine Zeugen braucht«, meinte sie entschlossen. »Und manchmal kann es ein Trost sein, daß Wünsche in Erfüllung gehen, wenn man nur lange und fest genug daran glaubt.«

NACHWORT

*

Zwei Abende später, am 23. Dezember, hatte sich eine gewaltige Menschenmenge in der Carnegie Hall eingefunden, um dem Galakonzert zu lauschen. Man würde viele berühmte Musiker hören und das Debut der talentierten jungen Geigerin Sondra Lewis erleben.

Alvirah und Willy saßen mit Stellina, Sondras Großvater, Gary Willis, Monsignore Ferris, Schwester Cordelia, Schwester Maeve Marie und Kate Durkin in der Proszeniumsloge.

Stellina, der viele neugierige Blicke galten, hatte einen Platz in der ersten Reihe. Ihre braunen Augen funkelten begeistert, und zum Glück bemerkte sie nicht, welches Aufsehen sie erregte.

Seit zwei Tagen brachten alle Zeitungen der Stadt Artikel über das Wiedersehen zwischen Mutter und Kind und das Auftauchen des wertvollen Kelches. Die Geschichte ging zu Herzen und paßte besonders gut in die Weihnachtszeit.

Es waren auch Fotos von Sondra und Stellina abgedruckt. »Selbst ein Blinder würde sehen, daß Stellina ihrer Mutter wie aus dem Gesicht geschnitten ist«, sagte Alvirah. »Warum ist mir das nicht schon viel früher aufgefallen?«

Auch die Frage, ob Sondra wegen der Aussetzung ihres Kindes vor Gericht gestellt werden würde, hatte sich geklärt. »Um diese junge Frau anzuklagen, müßte ich ein noch schlimmerer Finsterling sein, als meine Gegner mir unterstellen«, meinte der Bezirksstaatsanwalt. »War es ein Fehler von ihr, nicht an der Tür des Pfarrhauses zu läuten, sondern zum nächsten Telefon zu laufen? Ja, das war es. Hat sie, ein achtzehnjähriges Mädchen, ihr Möglichstes getan, um für ihr Baby ein gutes Zuhause zu finden? Ja, das hat sie.«

»Wenn er sie angeklagt hätte, hätte er Ärger mit mir gekriegt«, lautete der Kommentar des Bürgermeisters.

Applaus brach los, als der Dirigent die Bühne betrat. Die Saalbeleuchtung wurde gedämpft, und das Konzert begann.

Alvirah, die ein elegantes Abendkleid aus dunkelgrünem Samt trug, griff nach Willys Hand.

Nach einer Stunde kam Sondra auf die Bühne. Das Publikum tobte. Monsignore Ferris beugte sich zu Alvirah hinüber. »Willy würde sagen, daß Sie es wieder einmal geschafft haben. Das werde ich Ihnen nie vergessen. Ihnen haben wir es zu verdanken, daß der

Kelch des Bischofs wieder aufgetaucht ist. Der Diamant ist zwar leider verschwunden, doch der Kelch ist das Wichtigste.«

»Ich denke, Willy hat auch ein Lob verdient«, erwiderte Alvirah leise. »Hätten seine Noten von ›Stille Nacht‹ nicht aufgeschlagen auf dem Klavier gelegen, hätte Sondra das Lied nicht gespielt und gesungen. Erst dadurch aber bin ich nachdenklich geworden. Und als Stellina beim Krippenspiel dasselbe Lied sang, war ich meiner Sache sicher.«

Als Sondra den Bogen hob, lehnten sie sich zurück, um zuzuhören. »Schau dir das Kind an«, flüsterte Alvirah Willy zu und zeigte auf Stellina.

Gebannt und mit leuchtendem Gesicht lauschte das kleine Mädchen dem Spiel seiner Mutter.

Als die Zuschauer eine Zugabe forderten und Sondra »Stille Nacht« anstimmte, blickte sie hinauf zu der Loge, in der ihre Tochter saß. Lediglich die Umsitzenden konnten hören, daß Stellina mitsang. Mutter und Tochter musizierten nur füreinander und hatten den Rest der Welt offenbar vergessen.

Nachdem die letzten Töne verklungen waren, herrschte Stille. Dann beugte Willy sich vor und flüsterte Alvirah zu: »Alvirah, Schatz, schade, daß ich meine Noten nicht bei mir habe. Die beiden hätten ein wenig Klavierbegleitung gebrauchen können. Findest du nicht?«

DANKSAGUNG

Als mich mein Lektor Michael Korda anrief und mir vorschlug, eine Weihnachtsgeschichte zu schreiben, lautete meine Antwort nur: »Michael, ich lege jetzt auf.«

»Alvirah und Willy«, sagte er rasch, und ich hielt mitten in der Bewegung inne. Denn Alvirah und Willy sind Figuren, die in vielen meiner Bücher vorkommen. Da ich seit einem Jahr nichts mehr über sie geschrieben hatte, begann ich, sie zu vermissen.

»In einer Winternacht« ist das Ergebnis dieses Anrufs, und ich hoffe, daß das Buch Ihnen Freude bereiten wird. Wie immer gelten meine Liebe und mein Dank Michael Korda, der mich dazu angeregt hat, die Geschichte zu schreiben. Er und sein Cheflektor Chuck Adams sind ein echter Glücksfall für mich. Sie haben mich zu jeder Tages- und Nachtzeit beraten, ermutigt und mir wertvolle Tips gegeben.

Danke auch der Lektorin Gypsy da Silva, Carol Bowie und meinem Agenten Sam Pinkus, der für mich Fragen des Erb- und Familienrechts recherchiert hat. Außerdem danke ich meiner Pressereferentin Lisl Cade und meiner Tochter Carol Higgins Clark, die in ihren Anmerkungen und Vorschlägen stets Weitblick bewiesen haben, und zu guter Letzt auch meinem Mann John Conheeney.